我與我父親林殿烈

台共家屬紀實

林友彥｜著

父親在上海接待和宴請從美國來上海定居的優秀人才台胞范增勝和林明月夫婦

《人民畫報》刊登全家照

1985年5月我父母去日本見到從台灣趕來的小弟、小妹和舅舅

東京華僑總會招待我父母

神戶旅日台胞吳允泰在他家招待我父母

旅日台胞招待我父母

父親晚年還繼續工作

父親因病住進上海華東醫院

父親在上海華東醫院大廳接見從台灣趕來的小弟和親友

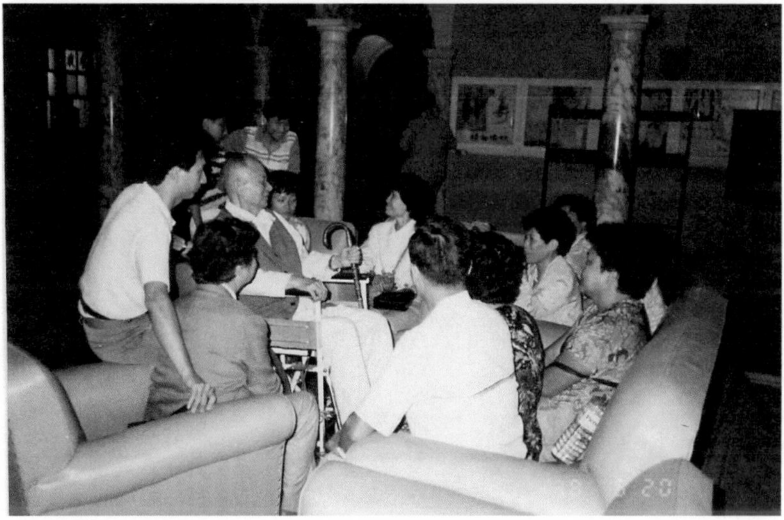

父親在醫院和台灣親友座談

父親的追悼會中央和上海有關領導和在滬台胞和台灣來的、海外來的台胞參加

我在追悼會致答謝詞

父親的骨灰安葬在台灣台北縣八裏鄉郊外
山坡上的公墓上

在日本表姐家和姑媽在一起

日本表姐一家帶我們去公園遊覽

大阪華橋總會張廖富源會長請我們吃飯

我和名古屋華僑總會會長張廖富南在一起

在日本我和台灣的弟弟妹妹第一次見面

父親在上海見到在台灣的老同學、好朋友旅日愛國台胞許溯宇

父親在上海台盟會議上講話

前言

我不是寫自傳，因為我是台灣人，我小時候隨父母來到上海，有六十多年了，如果加上我父親的經歷有一百多年，把我父親和我在台灣、在大陸的經歷都寫下來，讓在大陸的同胞進一步瞭解台灣，讓台灣同胞進一步瞭解大陸，是有意義的，畢竟像有過我們這種經歷的人是很少的，是很特殊的。現在大陸的很多年輕人對台灣的過去和現在不了解，而台灣的很多年輕人對大陸的過去和現在也不瞭解。我希望他們能夠從我們的經歷進一步瞭解台灣和大陸的過去和現在，進一步認識到台灣和大陸有著不可分割的聯繫。回顧歷史能貼近兩岸緊密的歷史臍帶，如果今天兩岸青年也瞭解老一輩台灣人走過的路，必然更清楚要增進兩岸的歷史情感。

我小時候在台灣，就知道我們是中國人，父親經常給我講鄭成功收復台灣、講台灣人在日本殖民統治時期所遭受的各種壓迫和歧視。講台灣先輩們為堅持做中國人，守土護鄉、前仆後繼、英勇犧牲，在反抗外來侵略、爭取民族解放的鬥爭中所作出的奉獻。我父親年輕時經常來往於台灣與大陸，他在台灣參加的愛國活動，就是為中國的自由解放。我父親年輕時參加反抗日本殖民統治時被捕入獄，釋放後又被監視，才和我母親離開台灣去廣州。我父母在廣州生下了我，日本投降時我五歲，父母把我帶回台灣，七歲時由於「二二八」我父親逃離台灣去香港，我十歲時母親也把我帶去香港，後來父母把我們帶到上海。現在台灣還有我最小的弟弟、妹妹和很多親戚，他們常來大陸，我也常去台灣。台灣現在也有很多以前從大陸過去的人，他們的親戚在大陸，現在像我們這種兩岸親友互相來往的人也越來越多，大家希望這種聯繫要不斷發展，不要像新中國成立之初到上世紀八十年代，台灣和大陸斷絕往來幾十年。

我在這本書裡，從寫我父親開始一直寫到我自己的經歷，我用幾個小標題〈我的父親林田烈〉、〈我妹妹曾經是北京著名的話劇演員〉、〈我在台灣和在大陸的學生時代〉、〈我經歷的「文化大革命」〉、〈我做了十多年的中學老師〉、〈在上海中國旅行社工作，接待台灣同胞〉、〈我在台資企業〉、〈我在日本見了離散三十多年的小弟和小妹〉、〈我太太和她北京的家人〉、〈我終於能夠去我的故鄉台灣，兩岸同胞終於能夠互相往來〉分十個章節來寫這本書。現在兩岸關係越來越緩和，兩岸來往越來越密切。可能現在的人對這種反映歷史的書不感興趣，台灣資深媒體工作者，聯合報兩屆報導文學獎得主、作家張典婉寫《太平輪一九四九》，此前被九家出版社拒絕出書，一直到二〇〇九年十月，《太平輪一九四九》終於在台灣出版，後來也在大陸出版。張典婉本來也認為現在的人對這種反映歷史的書不感興趣，但出乎意外，買的人很多。

我今年七十二歲了，來大陸已經六十二年了，期間雖然去過台灣，但有很多親戚朋友都不認識了，也不來往，所以我特意寫了很多名字還附上一些老照片和有關資料，一張一張老照片呈現出往事，一張照片一段歷史回憶。書中提到的人很多在台灣，也有在大陸的，和我父親同年代的人可能都不在了，和我一樣年紀的也不多了，我希望他們的第二代、第三代的人能夠看到。

目次

第一章 我的父親林田烈

我的父親林田烈早期在台灣參加革命，並加入台灣共產黨，一九四七年在香港創建的台灣民主自治同盟，他是組織者之一。我父親於一九八八年六月二十六日在上海去世，享年八十三歲。對於我父親革命的一生，政府和有關部門給予很高的評價。台盟總部的唁電這樣寫道：「林田烈早年參加革命，為台灣人民擺脫日本帝國主義的殖民統治而奮鬥。台灣光復後，繼續為爭取台灣人民的民主自由，為祖國的統一大業和社會主義建設貢獻了畢生的力量……」對於我父親的生平歷史，知道的人不多，因為我父親在世時從不炫耀自己，直到他去世後，我翻了他留下的一些手稿、材料，才感到他的崇高偉大。我父親的一生有一些坎坷、曲折，有一些富有戲劇性的故事，從他那鮮為人知的經歷中可以重溫那段歷史，也可以從他身上學到一些東西。

青年時期參加反日愛國運動

我父親原名叫林殿烈，一九〇六年十一月二十四日出生在台灣省台北縣三重埔六張莊一個農村的家庭。我的爺爺叫林恩福（我沒有見過），他結過兩次婚，共有八個子女，我父親為第二位妻子李剪絨所生，是最小的兒子。他上面有四個哥哥，依次叫殿賢、殿江、殿文、殿武，加上幾個姐姐，林家成為十多口人的大家庭。我的爺爺本來有一塊土地，後來受日本殖民者苛捐雜稅及種種壓迫，終於把土地賣光了。爺爺也曾經參加反帝鬥爭被捕過，家人都受到不同程度的壓迫，所以對日本殖民者恨之入骨。我父親從小聰明過人，活潑伶俐，十分討人喜歡。小時侯經常跟著哥哥到農田種植水稻、柑橘、甘蔗以及各式瓜菜。他小時候就是很好強的人，他幹的農活總比哥哥幹得多，而且從小養成了倔強的性格。我的祖母是一位典型的賢妻良母。平時，她總是任勞任怨，全身心地為生活操勞，她那「吃苦在先，享受在後」的品質，一直深深影響著我父親。

當時我們林家因為人口多，加上爺爺很早就死了，後來，隨著日本帝國主義對台灣人民的壓榨和苛捐雜稅的加重，家庭生活一年不如一年，林家日益衰敗和沒落。我父親在三重埔公學校小學畢業後，在台北市簡易商業學校讀了兩年就隻身一人去了大陸，進了汕頭商業專科學校，邊幹臨時工邊讀書，畢業後回到台北。他先後在泉隆商行和末廣木炭店工作。他勤奮好學，利用業餘時間跟著當時文化協會的薛玉龍老師學中文，一九二一年蔣渭水、林獻堂等前輩成立台灣文化協會，目的是透過文化教育手段保持台灣人的中華民族認同，對抗殖民當局的同化政策。薛玉龍較早參加文化協會也是工友協會的組織者，所以我父親也參加了工友協會。薛玉虎兄弟倆還組織了木材工會、茶工會、郵電工會。我父親也隨著他們參加工人運動，隨著台灣民主運動的發展和反對日本帝國主義壓迫情緒的高漲，台北大稻埕經常有演講會，此時我父親認識了文化協會的王萬得，在王的介紹下又認識了張朝基、蕭來福（原名蕭友山）、洪朝宗、張得福、莊春火、林日高和趙剛、簡吉等人，這些人都是血氣方剛，意氣奮發的青年。他們經常聚會並偷偷讀了被查禁的革命書籍。有時朋友中也常帶來世界發生的最新消息，使他耳目一新，我父親和他們都成了好朋友，他們見到我父親都叫他「殿烈」。在一九二八年三月五日的罷市中我父親與張朝基在北門口險些被警察打死。後來警察對全台進行大搜捕，被捕的有五六百人。

一九二八年四月，由翁澤生、林木順、謝雪紅等人在上海成立台灣共產黨。一九三一年六月十三日是日本統治台灣的紀念日，叫「始政紀念日」，對於台灣人民來說是「始恥日」，我父親之前和楊來傳用兩夜時間，油印數百份傳單，內容都是反對日本帝國主義統治台灣，他們利用夜間在練兵場散發傳單。七月八日我父親和楊克煌、張道福、廖瑞發、陳金陣、李媽嬉、陳振聲等人成立赤色救援會，就是救援被警察逮捕的人。

一九三一年春，我父親由張朝基、蕭來福介紹加入了台灣共產黨。張朝基在銀行工作，他家經常作為地下黨的聯絡點。我父親入黨後做的第一件事就是播種革命火種，他一方面在工友協會內部物色積極分子秘密學習有關黨的文件，一方面刻印宣傳材料到工廠、農村去散發。不久，他參加和指導膠版印刷工人罷工。罷工的原因是一家日本會社要縮短工時，工人原先一個月工作三十天拿到的薪水已經很少，現在要減少到工作二十一天，收入就更少，所以工人要求維持工作三十天，並改善待遇。老闆當然不同意，所以工人罷工。當時有個青年叫陳雨家把這個情況告訴王萬得，王馬上召開會議，與會者有蘇新（原名莊嘉農）、蕭來福和林殿烈等人。林殿烈在會上說：「我們要利用這次罷工的機會把群眾發動起來。」會後，林殿烈又刻印宣傳材料，和蕭來福、張朝基一起假扮農民在工廠附近散發。這次罷工較轟動，當時文化協會、農民組會也發動民眾支援罷工，各地工人組織都發表聲明支援。罷工工人包圍社長（老闆）的住宅。罷工維持了一個多月，因為工人沒有很大的後援，所以支撐不下去。事後，有的工人被警察抓走，有的被工廠開除。

林殿烈、蕭來福、張朝基這時感到要從思想上武裝工人群眾，他們便組織成立讀書會，也叫社會科學研究會，每週活動一至兩次，主要學習馬克思主義基本理論，他們讀過《勞動者的明天》等革命書籍。參加讀書會有林式熔、王月榮等十多位青年工人，他們通過學習開展活動。林式熔、王月榮油印一些反對日本殖民統治和反對剝削的標語在市營巴士及其他各處張貼。第二天，警察發現標語驚恐萬狀，開始進行搜捕。王月榮提心吊膽跑到其姐姐家去，在其姐姐勸誘下便去警察署自首了。王又告發了林式熔，警察就到林式熔家搜查。為此，蕭來福寄存在林式熔家的「致台灣共產主義者書」等六本有關「台共」文件被警察發現，從此警察開始大搜捕。據記載「昭和五年（一九三〇年）十月以來，與三十四銀行書記張朝基等共同組成社會科學研究會團體的事實。進而由張朝基所秘密計畫的聯絡關係，探知林殿烈為黨員。」（摘自《台灣社會運動史》一九三頁，台北創造出版社）「張朝基和一名黨員林殿烈之間的秘密聯絡活動暴露。」（摘自台灣文史叢刊七，日據時代《台灣共產黨史》一二六頁，盧修一著）

「台共」在白色恐怖下仍繼續展開活動。五月底，「台共」第二次代表大會在台北淡水召開，會上通過了《新政治綱領》，其主要內容是：一打倒帝國主義；二實行土地革命，剷除封建勢力；三建立農工民主政權。會議選舉產生新的中央領導機構。王萬得任書記，潘欽信任組織部長，蘇新任宣傳部長。當時，王萬得和林殿烈家住在附近，常有來往。蘇新和殿烈也早有認識，後來他去了日本一段時間，回來後他和林日高、莊春火去殿烈家談日本進步組織的活動情況，一直談到深夜。

後來，局勢愈來愈緊，黨不得不在極其秘密的情況下活動。有一次，殿烈去台北郊外一個農民家開會，當時簡娥住在這戶農民家裡，參加開會的還有王萬得、張朝基、蕭來福等十多人。他們主要討論如何在極其困難的條件下堅持鬥爭，第二天晚上，張朝基通知殿烈去這戶農民家把留在簡娥處的黨的文件帶出來。因為這一帶農村，特務像瘋狗一樣亂竄。殿烈化了裝，避開特務的注意，拿回了文件。

王月榮被捕後不久，林式熔也被捕，其他參加讀書會的人也先後被叫去審查。張朝基是七月份被捕的，他被拘留在台北警察署，經過一週，有個綽號叫「白猴」的人，到木炭店找殿烈說：「我是從北署放出來的，張朝基叫你到他的住處去收拾材料。」殿烈不明他的身分，沒有馬上去，怕特務跟蹤。果然過了半個小時，特務進來了把殿烈押走，乘車帶到北署。警察追問殿烈，要他供出張朝基的秘密住所，殿烈沒有提供他們所要的線索，於是被連續拷打、灌水。這樣大約半個月才被放出來。原來殿烈被捕後，蕭來福趕去張朝基的秘密住所，拿走「台共」文件，警察押著張朝基去時什麼也沒有搜到，沒有任何證據，才被釋放。

在台灣被捕入獄

三月二十四日，在警察的搜捕過程中，早已列入黑名單的農民領袖趙港被捕。謝雪紅六月被捕，王萬得、蕭來福七月被捕，潘欽信、簡娥、莊春火在基隆也先後被捕。那時，蘇新在宜蘭，他感覺到黨員之間的聯繫已被切斷，黨陷於毀滅狀態，考慮重建黨，他指派盧新發為東部地區的負責人。九月一日，蘇新從外地回台北，到木炭店找殿烈，他說：「已經約好張道福晚上在稻新街口馥香居飲食店碰頭。」

晚上碰頭時，蘇新介紹「台共」在南部活動情況。又說：「在台北市，台共成員幾乎被捕殆盡，今後的活動要注意隱蔽。」他還指派林殿烈和張道福為黨台北地區負責人。史料這樣記載：「蘇新隨後返回台北指派林殿烈、張道基為台北地區負責人。命令他們解散文協台北支部，以便改組為赤色救濟會。」那天會後，蘇新跟著殿烈回家過夜。第二天早上，殿烈照常去上班，而蘇新也走了。殿烈在去上班的路上，想到二哥家吃早飯，剛到門口，他二哥慌慌張張地說：「特務來抓你了，剛剛才離去。」殿烈轉身就走，他不敢去上班，就到三重埔親戚家，後來又到郊外舅舅家住下，他計畫去淡水乘帆船去大陸，可是沒有路費，他就託三哥到木炭店找老闆借錢。可是，沒想到特務已埋伏在店裡，他三哥去了就被抓走了。在北署，他三哥遭到毒打，要他領路去抓殿烈。三哥被逼無奈被一群警察押上卡車去舅舅家。殿烈在舅舅家聽到警察到前庭，馬上往後門跑入柑橘園。他三哥卻在後面大喊：「不要跑了，不要跑了，橘園被包圍了，他們帶有槍。」殿烈跑到橘園盡頭，果然警察從橘園跳出來，把殿烈按倒在地，戴上手銬。警察要殿烈說出蘇新在哪裡，殿烈說：「不知道。」警察吹了口哨，一下子二三十個警察立即圍上來，把殿烈和他三哥押上卡車，關進台北警察署。在北署，警察拿出蘇新的照片問：「你是否同這個人在馥香居飲食店見過面。」殿烈說：「沒有。」警察打了他幾下耳光說：「張道福已經承認了，你還不承認，不給你一點苦頭吃，你是不會老實的。」接下來又是毒打，他被折磨了整整一個星期。

我父親是一九三一年九月五日被捕的。在此之前，謝雪紅、王萬得、蕭來福、趙港、林日高、詹以昌都先後被捕。沒多久，張道福、廖瑞發也被捕，九月中旬蘇新在彰化也被捕。據記載，從一九三一年六月至九月被捕「台共」成員一百零九人。警察對「台共」成員一個一個地進行審問，審問殿烈時，警察要他交代「台共」的情況，父親一直堅守黨的秘密，總說：「不知道。」結果遭到殘酷至極的嚴刑拷打。當時的警察很多是日本人，日本警察的刑法是很厲害的，殿烈被鞭子抽打、灌辣椒水、上老虎凳等這些刑法都受過。警察又逼殿烈「轉向」，他堅決拒絕，於是他又被吊打、灌水，甚至用竹簽釘他的指頭。受此酷刑摧殘，他幾乎昏死過去，但他始終沒有寫下「轉向」的字跡。

在警察署，他被關在一間僅七平方米的房間，他為了恢復體力來回走七步，鍛煉身體。他有時用敲牆壁、打水管和隔壁房間的戰友交流。被審問一段時間後，他們被轉送到台北州廳拘留所。在牢房裡殿烈和洪朝宗、林良材關在一起。我父親原來和林良材不認識，後來才知道他也是台北人，父兄是經營日用雜貨的批發商，算是有錢人，但他也是受革命的影響，加入「台共」。他在警察署也是被嚴刑拷打，我父親在後來的回憶中寫道：「有幾次林良材被叫去提審之後回來全身濕透，衣服破了幾個口，還沾了血，我知道他又受酷刑了。」在監獄裡，我父親還和同志們進行獄中鬥爭，他們經常交流情況，商討對策，為了抗議日警虐待犯人，他們舉行絕食鬥爭。他們學唱革命歌曲《紅旗歌》，來鼓舞自己的鬥志。警察不得不安裝大型電鈴擾亂他們。

日本殖民當局對「台共」人員進行審查到一九三三年才結束。當他們把「台共」事件在報紙公佈後，台灣人民加深了對「台共」的瞭解，群眾紛紛給獄中「台共」人員寄送書籍和日用品，過年時還寄賀年片，表示敬意。一九三四年三月日本殖民者對「台共」人員進行所謂的「公審」。「公審」那天，從台北監獄至台北地方法院，馬路戒嚴，斷絕交通，在一大隊武裝軍警護送下，囚車開到法院。「公審」一直拖到六月底才做宣判。刑期最長的是謝雪紅和潘欽信判決十五年，後來起訴改判十三年，謝雪紅因為在獄中病重被保外就醫，實際上關了九年；刑期最短的為兩年，是我父親和林良材等二十個人（判決之前關在監獄不算），所以實際上我父親在監獄被關了五年。詳見《共產主義運動史》一九五頁。還有翁澤生也是台北人，他是同時具有中共和台共黨員兩種身分。在學校讀書時加入台灣文化協會，並積極參加抗日愛國運動。一九二五年參加「五卅運動」，同年加入中國共產黨，一九二六年底回廈門從事革命活動。後前往上海從事地下工作。一九二八年四月十四日，參與聯絡台籍中共黨中共台灣地方組織。一九三三年三月四日在上海被捕，並移交給日本政府，翁澤生被轉押至台北日本監獄的單身牢房裡。獄中，受盡酷刑，始終堅貞不屈。一九三九年三月一日，因長期受折磨，生命危在旦夕，監獄當局即通知其在台親屬將其「保外就醫」不久病逝，時年三十六歲。在被捕的「台共」人員中，因酷刑致死有三人，在獄中病死有九人。趙港就是死在監獄裡。

刑滿釋放，結婚成家

一九三六年十一月我父親被關了五年後（正式判刑兩年，前後五年），服刑期滿，釋放出獄。同他一起出獄的有林良材，他出獄後在家幫助父兄的事業，還在台北三重埔管理一家襯杉廠，後常去香港。我父親出獄後，經朋友介紹在一家茂記行當會計。這期間，他見到了從小一起長大的陳金石，陳是他小學和中學的同學，後來他是一家米店的老闆，他常去泰國進泰國米來台灣賣。他和林良材也認識。我父親後來和他們成了好朋友。

我父親這期間還常惦記著在監獄服刑的同志，他常抽空去訪問戰友的家屬。去的最多的是王萬得的家，每次都帶去一些禮品和用品，所以王萬得的妻子很是感激。有一次，他又去萬得嫂家，見到一位年輕漂亮的小姐，萬得嫂就介紹說：「她叫李淑卿，和我在一個廠工作。」李淑卿出身貧寒，父親早逝，她從小和母親在家裡包點臨活，如貼標紙，洗藥瓶，撿茶葉，賺點錢過日子。不過，她長得漂亮是村裡數一數二的美人，十七歲那年，她同台灣幾百名小姐去被挑選，要挑選兩名去日本當翻譯。結果，她被挑上了。去了日本，被安排在國民黨駐日本大使館大使謝介石的家裡當翻譯，天天招待客人，她因為不滿意這個工作，又不放心她的母親，所以不久就辭職回台灣。後來，她考進台灣三井機器株式會社茶葉部做女工，和萬得嫂一起，她們倆成了好朋友。那天，淑卿拿著布料在萬得嫂家做衣服。當她看到殿烈，就被眼前這位英俊青年所吸引，殿烈也對這位漂亮的小姐產生了好感。萬得嫂也有意撮合，常請他們倆來家吃飯，並提出要為他們做媒。淑卿自從日本回來就有很多人追她，特別是鄰居一位姓陳的少爺，常到她家找她，但她都沒看上。淑卿的母親知道他們倆的事之後，起先不同意，認為殿烈的歲數和她相差太大，殿烈那時已有三十一歲，和她相差十二歲，她母親認為殿烈是從監獄放出來，是「半紅衫」（那時，有的人把從監獄放出來的「台共」人員稱「半紅衫」），怕日後有危險。她說：「還是那個姓陳的好，他家裡有地有錢。」淑卿堅決不同意。她和殿烈相處了一段時間後，認為他忠厚、老實，又有文化，會寫詩、彈琴，是個很有情趣的值得依靠的人。萬得嫂也幾次去淑卿家，勸她母親。她說：「被抓的台共人員都是好人，我的萬得兄還在監獄裡，他也是好人，他們將來會有出息的。」陳金石、林良材知道這事後，也去淑卿家，說服她母親。

我父親為了娶淑卿，也拼命工作，他白天上班之後，晚上去幫人算賬，多賺點錢。他在茂記行工作的老闆也很大方，常給他紅包。一九三七年九月他們倆結婚了。陳金石、林良材夫婦來參加婚禮，王萬得、張朝基，那時已被釋放，也來了，婚禮辦得很熱鬧。結婚當日他倆和家族的合影照片，至今還保存著，日期寫著一九三七年九月十二日，參加合影的有三十五人。

我父親一九三六年刑滿釋放後一直在尋找黨組織，但由於黨組織被破壞嚴重，在市內無法找到，加上在社會上受到歧視，一九三九年，日本殖民者在台灣徵集台胞當兵，去大陸當炮灰。很多被釋放的政治犯都被徵集。我父親知道這消息後，馬上帶著妻子和出生不久的女兒離開台灣，去了廣州。

在廣州、香港的逃亡生活

在廣州，陳金石已在那兒開了一家鼎泰貿易行，殿烈就在貿易行工作。一九四〇年七月，我在廣州出生，那時廣州也是被日本佔領，日本殖民者的黑名單中有我父親的名字。特務經常以查戶口的名義到他家，查看他有沒有從事什麼活動，並受到監視。

一九四三年，鼎泰行經營失敗，陳金石到西貢去了。我父親為了避開特務的監視，又帶著一家人去了香港。他在香港考入煤氣公司，在公司任財務科長。那時，香港屬英國統治，日本戰敗後，英國殖民者把在香港的台灣人當做日本人，規定台灣人要和日本人一樣去登記，並要到集中營去集中。如果去集中，那就要男的女的、兒童分開，去做苦工。有些還要送去英國做苦工。我父親的幾位好朋友勸他不要去登記，並竭力幫助他。有一位做中醫的廣東人，把房間都讓出來，而自己一家卻睡在樓下的地板上。後來，風聲愈來愈緊，報紙又登出台灣人必須去登記，並規定窩藏者也有罪，檢舉有賞，廣場的喇叭也在喊。局勢很緊張。那個朋友只好把他們帶到另一個好心人的家住。這個人也是醫生，會講英語，有一次巡捕挨家挨戶地搜查，當查到這位醫生家時，醫生用英語對巡捕說：「他是我的親戚，在煤氣公司工作。」說完還塞了一些錢給他。那位巡捕會意，就堵住門口，沒讓別人進來，又偷偷地對醫生說：「不要讓他們再住這裡，否則還會有麻煩。」那位醫生又把我父親一家帶到他的一位好朋友家住，那是在郊區一幢高樓裡，主人很有錢，心又很善良，給了一間四樓很大的房間，讓我們住下。還請了一個保姆照料生活。

我父親在房間裡幾個月沒出門，有幾次他頭髮長了，假裝病人綁著繃帶，請理髮師到房間來理髮。不幸的是在這期間有兩個孩子，是我下面的弟弟妹妹，因得了瘧疾沒能及時治療，僅十天先後夭折了，記得有一天，我跟父母帶著兩具屍體到郊外的山坡上去埋葬，在回家的路上又遇到飛機轟炸，我們東躲西藏，踩著被炸的廢墟趕回家，還好家的附近沒有被炸。在香港我父母又生下我的妹妹，她叫林麗芳，是北京有名的話劇演員。幾年前我們去香港，想找我妹妹出生的地方，但因當時是找接生婆來家接生的，那個地方已經找不到了。這逃難的往事在我幼小的心靈裡留下了難以磨滅的印象。我們一家在那裡躲了將近一年，直到台灣光復後的第二年，一九四六年十月香港輪船去台灣恢復通航，我父親才帶著我們一家回到了台灣。

參加台灣「二二八」起義

回到台灣，原以為台灣光復後，從此台灣人民可以過上自由平等的生活。可是國民黨政府接受台灣之後，貪官汙吏壓迫台灣人民，這樣又激起了台灣人民的反抗怒火。我父親當時和張朝基、林良材和陳義農有幾次碰頭的機會就討論對時局的看法，大家對國民黨政府壓榨台灣人民十分憤慨。

一九四七年，台灣人民爆發了「二二八」起義運動。當時父親在台北市民生堂藥房做事，親眼看到由於國民黨反動派的暴行而引起人民的反抗。起義前一天的傍晚，在台北市太平町與永樂町一帶，專賣局的「緝私」人員以搜查「私煙」為名，企圖搶走攤販的香煙，當場打傷一名擺香煙攤的老年婦女，接著又開槍打死一名在旁憤憤不平的群眾。這一流血事件激起了廣大群眾的公憤。人們紛紛湧到憲兵隊、警察局，要求懲辦兇手，他們喊出：「交出兇手、殺人償命。」但是，當局置之不理。積壓在人們心中的滿腔怒火終於爆發了。

「二二八」這一天開始，台北市工人罷工，學生罷課，市民罷市，群眾開始遊行。當時父親找了張朝基等人，也參加遊行和散發傳單，他們還走進專賣局搬出香煙，帳冊，將文件放在馬路中焚燒，又到偽行政長官公署請願。但是當局竟密令軍警向群眾開槍，當場打死打傷多人，這個野蠻的暴行更激起群眾的憤怒和反抗。父親和大家經常聚會研究對策，他們用鞭炮放在空罐頭盒裡燃放，造成槍聲，又和大家設置路障，不讓汽車通過。當時謝雪紅、楊克煌在台中領導起義，搞到槍支，他們帶領民眾接管軍政機關。約一星期國民黨行政機關全部癱瘓。

後來各地起義群眾自發組織了團體，提出了改革政治的主張。後來又組成「緝煙血案調查委員會」，委員會吸收各級民意代表成立了「二二八事件處理委員會」，參加者有蘇新、潘欽信、蔡子民、王添燈等，他們討論了具體的處理大綱，後由潘欽信起草提交台灣當局，可是國民黨政府一面採取欺騙手段，表示願意接受台灣人民的要求；一面暗地裡從大陸調來大批國民黨軍隊對台灣人民進行血腥鎮壓。許多起義勇士遭到槍殺，或被逮捕，或逃亡。同年九月，台灣報紙登出，凡是與「二二八」有關人員及過去的政治犯都要在十月前去登記，逾期作為逃犯要逮捕。登報後，陳義農找殿烈問：「要不要去登記。」殿烈說：「不去，去了死路一條。」此後，警察就挨家挨戶地搜查。有一天，有兩個穿便衣的警察到我們家，那時我已經八歲，我擋住他們：「你們找誰？」他們衝著我父親，不顧我母親的苦苦哀求，硬把他帶走。特務還要抓陳金石和蘇新。因為陳金石當時在三重埔做米的生意，又被選為鎮長，警察也知道我父親和他，以及蘇新是好朋友，常有來往，所以要父親帶路去他家。可也巧，在出門沒多遠的街上，陳金石剛好從馬路對面走來，他看到我父親被兩個人押在中間，感到情況不妙，此時我父親也裝著沒看見，同時一直眨眼暗示，陳金石領悟，轉身就走了。

我父親被抓走後，我母親非常著急，她馬上去我父親工作的台北民生藥房，藥房老闆平時對我父親很好。我母親把情況說了一遍，請他幫忙營救。老闆一口答應了。他馬上去找一個在政府工作又很有勢力的朋友，而抓我父親的特務，正是這個人的侄子。殿烈被抓去盤問了幾句就放了出來。特務對殿烈說：「你要趕快離開台灣，我只能對上面說，抓錯了人，沒抓到你。」

父親回到家，已經深夜，我聽到聲音馬上起來，我們幾個都圍了上去。他沒多說，趕緊收拾他的行裝，和我們告別後就走了。他先去基隆，後來又和蕭來福一道離開台灣去了香港。

在香港參加籌建「台盟」

一九四七年十一月，我父親到了香港並找到了陳金石。陳早些時候就到了香港。他經營一家貿易行（大春行）。陳很感激殿烈，要不是當時巧妙應付，陳金石肯定會遭到不幸。當時在台灣也有人給他報信，警察要抓他，他就躲在山上好幾天，後來又靠親戚幫忙去了香港。陳金石後來就把殿烈留在大春行工作，擔任財務科副科長。

大春行是由在香港的四個台灣人合資的，陳金石任經理。大春行主要銷售台灣的茶葉、鴨毛等土特產。「大春行」在香港市中心，一條德輔道中三一五號街面房的二樓。因為交通便利，很多台灣來的人都會找到這裡來。有一天，林良材到「大春行」來找殿烈說：「我們想把大春行也作為黨的聯絡點，你看怎麼樣？」殿烈說：「應該沒問題，我再和陳金石商量一下。」陳金石知道這事後，不但積極支持，而且把二樓空的房間讓出來，作為從台灣過來的人的臨時宿舍。從這以後，我父親和謝雪紅等人來往就更密切。特別是林良材經常到「大春行」來取寄給他的信，他家在筲箕灣，有幾天林良材沒有來，就把信送到他家。同年年底，謝雪紅發起要成立台灣民主自治同盟。參加籌備的有楊克煌、詹以昌、李偉光和我父親等人。

台盟成立後，我父親主要負責宣傳聯絡工作。一九四八年八月，殿烈由謝雪紅、林良材介紹加入中國共產黨。黨給殿烈的任務是利用「大春行」的招牌開展黨的聯絡工作。大陸一些黨內文件和報紙經常寄到「大春行」，然後由殿烈轉送給黨內的同志，有的寄往在日本的台灣愛國青年。從台灣逃出來的愛國青年到香港，也來到「大春行」，由殿烈給於安頓和安排工作。此時，殿烈見到了楊春松，楊在台灣台北監獄關到一九三八年才出獄，後他去日本從事革命活動，並在日本創建中國通訊社，他來香港先找陳金石，他們倆也是很早就認識。在香港他們三人經常在一起，成了好兄弟，三人曾合影一張照片，很像結拜三兄弟。

在香港，殿烈還認識很多從台灣來的革命青年，如蕭來福、潘欽信、蔣詩欽、周明、陳振聲（陳金石的弟弟）、李韶東、邱伯卿、丁光輝、傅莉莉（蔣詩欽的妻子，也在「大春行」工作）、林容（就是前面提到的林式熔）、葉仁義、葉仁壽（葉仁義的哥哥）、柯秀英（林良材的妻子）、葉綠雲（翁澤生的妻子）等人。蔣詩欽是蕭來福回去台灣叫他和潘欽信一起來的，一九五〇年春在香港的台灣同胞曾經要組織同鄉會有個吳鴻裕（企業家）為會長，蔣詩欽負責具體工作，但這個組織正式提出申請，港英政府沒有批准，蔣詩欽被港英政府逮捕並驅逐出境，去了澳門。

當時謝雪紅、楊克煌等人住在香港銅羅灣一帶，那邊也有集體宿舍，也住著台灣來的人。我父親一有空就去看望他們，和他們交談。他們談得最多的是國內局勢的新變化，和台灣的新動向。他們對毛主席領導的中國革命即將走向勝利感到無比高興。那時我父親對毛澤東非常尊敬和愛戴。他搞到一張毛澤東在中國革命各時期的宣傳畫，他把它貼在家裡大櫥門後，每天拿衣服都能看到。因為那時香港屬於英國管轄，雖是自由社會，但國民黨特務也很多，毛澤東的像還不能公開張貼。

一九四九年夏天，張硯、高素英兩個女青年從台灣來到香港「大春行」說是要找萬景光（黨的聯絡員）。過了兩天，老萬來了問：「台灣有沒有人來？」我父親說：「有兩個女青年來找過你。」接著和老萬一起到旅館找他們。就這樣他們把黨的關係接上了。當時在黨內，我父親接觸較多的是萬景光、徐森元，他們是中共當地的負責人，並受他們直接領導。張硯和高素英經黨的介紹，後來都來大陸，張硯在上海同濟大學，高素英在北京人民廣播電台工作。

一九四九年十月一日中華人民共和國成立，在香港的中共黨員無比歡欣鼓舞，他們常舉行各種慶祝活動。以後常有在香港的同志奔赴大陸，投入新中國的建設。台盟總部這時也遷往大陸，謝雪紅、楊克煌等好多人都調去大陸。那時我父親由於在大春行工作，生意較好，薪水也較高，雖也經常買衣服等東西和寄錢去台灣，但他一個人在香港生活也有積蓄，已買了房，準備妻子、孩子來香港住，沒想到第二年，一九五〇年初黨的聯繫人徐森元對我父親說：「你的中共黨員身分已暴露，組織上決定要你去國內，這是為了保障你的安全。你要做好準備。」殿烈把這個消息寫信告訴遠在台灣的妻子李淑卿也就是我的母親。

自從父親離開台灣以後，我母親帶了幾個孩子，生活得艱難。不過，她在我父親的影響下，也漸漸懂得許多革命道理，並常常幫助父親工作，她像交通員一樣秘密來往於香港和台灣之間，為父親帶來了一些台灣消息，並帶回一些秘密文件給台灣地下黨，一九四八年和一九四九年，我母親先後兩次來香港看我父親，都住了一個月，回台灣後她先後又生了兩個孩子，這兩個孩子當時我父親都沒看到。當她接到殿烈的信感到非常高興，心想一家人馬上可以團聚，可是又想如果把六個孩子都帶去香港，她作為一個女人怎麼帶？經過和我父親商量，我父親在回信說：「你就帶四個孩子，最小的兩個不要帶了。台灣可能很快解放，到時我們還是要回台灣去的。」

我母親為了不引人注意，託人買了台灣到香港一條舊貨輪的船票。她帶了四個孩子上了船下到最底艙，一進艙內就有一股熱氣。開船沒多久風浪特大，兩個小的孩子又哭，又嘔吐。母親累得幾乎昏倒。經過長時間的顛簸才到了香港。我們到了香港和離開台灣三年多的父親見面團聚了，我記得父親見到我們時又激動又興奮，把我又抱又親。我們在香港住了幾個月，就住在「大春行」的樓上，我們兄弟姐妹住一間，我父母住一間，房間狹小又悶熱，又臨街面，所以頭幾天睡不好覺。過了幾天才習慣。那些日子我看到父親整天忙忙碌碌，要忙公司的事，要接待來訪的客人，要整理資料，寫文稿，有時他也會帶我母親和我去見他在香港認識的朋友，所以他在香港的朋友我很多都見過。父親還帶著我們玩遍了香港，把家裡該捨棄的都變賣了。一九五〇年十月父母帶著我們離開香港。臨走之前，徐森元開了一張介紹信對殿烈說：「到了上海去找李喬松，通過他就能見到謝雪紅、楊克煌等這些由香港來上海的同志。」

在上海的初期

到了上海，我們先在虹口區新亞飯店（旅館）住下。因為那時是上海剛解放的第二年，各方面還處於困難狀態。父親不想為政府增加麻煩，自己出錢住旅館。父親先找到李喬松，把黨的關係接上。李喬松是李韶東的父親。我父親以前不認識，後來才知道他是台灣台中市人，早年也參加台灣文化協會的活動，還參加農民組織，投入農民運動，一九四七年又和謝雪紅、楊克煌等人參加「二二八」起義，起義失敗後來到上海加入了中國共產黨。通過李喬松，我父親見到了從香港過來的很多台籍黨員和台籍革命青年。在朋友的介紹下，我父親帶著我們住進南京西路四五〇弄四十七號一家姓梁的家裡，他也是台灣人，房子很大。他把樓上的房間租給我們住（他有兩個孩子，女兒叫梁奕華，後來去香港叫沈梁容華，經營服裝廠；兒子叫梁欽榮，後來到香港經商，據說擔任香港中華廠商聯合會的會長）。很多從香港來上海的台胞聽說我父親也來上海了紛紛來找我父親。

一九五一年潘欽信也從香港來到上海，他住在南京西路成都路台胞石霜湖那裡，所以常常來找我父親，他們談起舊台共的事。潘欽信又講起翁澤生的事，翁澤生一九二五年就加入了中國共產黨，一九二八年四月和謝雪紅等人在上海成立台灣共產黨，一九三三年三月在上海被捕，後被引渡到台灣，他受盡折磨，得了嚴重肺病，因是台共領導人之一被判了十三年。在獄中與敵人鬥爭最堅決，直到一九三九年三月，他病已垂危，才被「保外就醫」。三月十九日病逝，享年三十六歲。我父親在日本殖民當局的監獄中雖有聽說翁澤生的事蹟，但沒有見過面，通過潘欽信的介紹對他有了進一步瞭解。

當時在上海，已經有好多台籍黨員從香港來到上海，而在大陸各地的台籍黨員也來到上海集中，準備一旦台灣解放就奔赴台灣工作。有一些如朱實、鄭勵志等十多名台籍青年剛從華北軍政大學學習了八個月也到上海來集中。

一九四九年三月台盟總部由香港遷往北平，九月其主要領導在北平參加第一屆第一次政協會議後組成台盟總部理事會，謝雪紅任主席，楊克煌為秘書長。同年十一月台盟總部由北京遷來上海。父親來上海時，台盟總部機關已在上海了，所以他很快找到他所熟悉的人。當時台盟機關的幹部大部分沒有家眷，過著集體生活。組織上考慮到父親帶著家屬和其他同志過集體生活不方便，便同意我父親在愛國台籍人士葉仁壽經營的榮鼎橡膠廠工作。

葉仁壽是葉仁義的哥哥，在香港就認識，他來上海就經營榮大水泥廠和榮鼎橡膠廠。榮鼎橡膠廠是他出資金，日本人石川鼎造出技術合作經營的。那時工廠面臨一些困難，葉仁壽請求我父親去相幫管理。父親征得組織同意後就進了這個廠。這個廠在上海虹口區，為了方便我父親工作，葉仁壽還把他用弟弟葉仁義名義買下的一套在虹口區溧陽路的空房讓給父親一家住。當時他把房契都給了我父親，而且是免費的，因為葉仁壽那時算是資本家，在上海有幾棟房子，他也不在乎錢，父親那時完全可以向政府要住房，他也是為國家著想，為政府著想，不想增加國家的困難。可沒想到後來因為住這個房子造成很多麻煩。

一九五二年，父親一家六口住進葉仁壽給的那套房子。從那時開始他改名為林田烈。他開始聯絡在上海的一些台胞和台盟一些人。那時台盟總部經過改選，主席是謝雪紅，理事是楊克煌、李偉光、王天強、田富達，秘書長是徐萌山，組織處處長周之辛，宣傳處處長張文華，我父親林田烈是兼職秘書處副處長。專職幹部有朱實、鄭勵志等。台盟總部下面有華東總支部、華北總支部、華南總支部。華東總支部設在上海武進路五一四號二樓（原台灣旅滬同鄉會），樓下是同鄉會辦的台光小學，因為葉仁壽給我們住的那套房子在溧陽路，離武進路很近，有時父親要去台盟談事把我也帶去，所以我曾經見到幾個人，特別是謝雪紅，她穿著人民裝很和藹親切，她的音容笑貌給我留下了深刻印象。謝雪紅沒有孩子，所以特別喜歡孩子，有一次父親帶我和妹妹林麗芳去，她見到我和妹妹特別高興，逗著我們玩，還把她從蘇聯帶回來的洋娃娃送給我妹妹。

那年十一月華東總支部也舉行改選，選出李偉光、謝雪堂、謝知母、王萬得、林田烈、劉毅、賴文濱、李喬松、葉綠雲等九人為總支部委員，李偉光為主任委員。李偉光在香港我父親就有聽說，來上海才見面，他早在一九二五年就擔任台灣二林蔗農組合的負責人，並且領導了轟動全台灣的反對日本帝國主義的農民運動——二林蔗農事件，他在這次暴動中被捕入獄，英勇不屈。一九三一年就離開台灣來廈門，第二年就參加了中國共產黨。一九三四年底來上海，他一邊行醫，一邊從事黨的地下工作。後來上海成立台灣旅滬同鄉會，他擔任理事長。一九四九年七月他在上海同鄉會的基礎上發起成立台盟華東總支部，他當選為主任委員。我父親和李偉光共事才四年多，一九五四年十月他因患腦溢血不幸病逝，終年五十七歲。我父親參加了追悼會。

當時台盟幹部很多是單身漢，我父親很關心他們的工作和生活，當看到他們住在集體宿舍，伙食又很差，星期天經常請他們來家吃飯，想為他們改善一下，由我母親炒幾個台灣家鄉菜招待他們。很快台盟這些幹部他都認識了。同年夏天中共華東局台委會組織台籍黨員整風學習。本來我父親是有家屬子女，可以不參加學習。但他感到剛來上海，需要學習和提高黨的理論知識，所以他也參加了。可是他沒想到，這場學習整風到後來變成部分黨員內部的派別鬥爭。結果，有一些台籍黨員受到批判和審查，我父親也是其中一個。他們審查我父親的歷史，懷疑在台灣入獄期間有變節和出賣同志的行為，又說我父親和資本家沒有劃清界限。後來我父親和幾個同志受到不同程度的處分。

我父親被動員退黨，當時父親感到非常苦悶和委屈。他放棄在香港較好的生活條件來到上海，滿腔熱情想為新中國貢獻自己的力量，可沒想到來上海不久就受到一次這樣的挫折。我父親想不通，其他台籍黨員都有一段時間的學習機會，而我父親剛來上海沒有參加過學習。另外，當時李偉光、謝雪堂也是台籍黨員可以不參加整黨，而我父親要求參加卻變成這樣，他為此找過謝雪紅，那時謝雪紅住在河北路一幢洋房內養病，她也認為台委會這樣做不應該，她叫我父親向市委反映。

組織上對林田烈說了一些安慰的話：「你不是犯什麼錯誤，過去為黨做了一些工作，黨是相信你的，只是你今後要做民主黨派的工作，不在黨內工作更方便。」他們還舉了郭沫若的例子說：「他不是黨員，但他為黨做了很多工作，黨也很信任他。」過了一段時間，我父親才平靜下來。他認識到不在黨內同樣可以為國家做出貢獻。他相信黨最終會為他做出公正的結論。從此他勤勤懇懇，認認真真工作。他一面在廠裡工作，一面在台盟上海支部工作。到了一九五五年二月台盟總部又遷往北京，在上海設支部，父親擔任台盟上海支部副主任委員，主任委員是謝雪堂。謝雪堂是台灣台南人，上世紀三十年代他在福建時接觸過紅軍，接受了共產黨的影響。一九四五年日本投降後他在上海接觸了從解放區來的同志，傾向革命，並且參加了中國共產黨。他協助李偉光同志，積極參加上海台灣同鄉會工作，對從台灣出來的人給於積極熱情的幫助，掩護許多革命幹部。解放以後他曾任上海清德公司副經理，後來擔任上海醫藥公司經理。他還來協助李偉光籌備成立台盟華東總部。

台盟上海支部的主要工作是聯絡在上海的台灣籍同胞，主要是一些知識分子和中上層人士的台胞，組織學習，搞一些座談會、紀念會等活動，對外經常接待一些海外來的台灣同胞。特別是那時有一批旅日台胞懷著滿腔的愛國熱情來祖國大陸定居和工作，他配合有關部門給以安置。我父親積極配合謝雪堂工作，他們較長時間後成了好朋友和很好的工作夥伴。這期間我父親還有機會參加各種參觀活動，如一九五六年他去參觀安徽省佛子嶺水庫，還深入煤礦慰問煤礦工人。不久他又作為民主人士的代表參加由朱德委員長為團長的各界人士代表團去南京，去中山陵瞻仰孫中山陵園。父親由於在台盟工作的關係聯絡和結識了國內外很多台胞。在香港的陳金石，那時他所經營的「大春行」倒閉，在我父親的聯絡和動員下，後來也來到大陸，安排在廣州市人民政府任參事員。陳金石有個兒子叫陳德鴻（曾經改名陳鴻志）也從香港回大陸，陳金石要我父親照顧他，我父親就讓他到我們家和我們一起住，給他聯繫在南洋模範中學讀書，畢業後他考取上海外語學院。

一九六〇年二月我父親去北京開會，陳金石作為廣東省的代表也去北京，他們見了面非常高興，他們還見了陳春松和葉仁壽。陳在北京對外友協工作，葉仁壽原在上海的水泥廠後遷往河南鄭州，他也隨廠去了鄭州，他作為河南省的代表也來北京開會。他們四個好朋友在北京經常在一起，曾在北海公園一起合影。父親還很關心一些生活上有困難的上海台胞，常常登門訪問，並積極向政府有關部門反映，有時他還拿出自己的生活費資助他們。他平時和顏悅色，很多台胞都喜歡找他。那時台盟還經常組織一些學習活動，辦日語班，請從日本來上海定居的台胞教日語；辦閩南話班，讓上海台胞的下一代也能講閩南話。

我母親李淑卿作為台盟婦委會副主任，組織台胞婦女參加這些學習活動也做了一些工作。母親跟隨父親來到上海，就多次要求參加工作，她對父親說：「我跟了你那麼多年，對革命也是有貢獻的。特別是你在香港，我在台灣，我冒著生命危險，兩地跑，為你送材料，送文件。現在我只是要求參加工作，你應該去幫我講講嘛。」為這事他們經常爭吵，她還找謝雪堂等人去說。後來還是我父親說服了她。父親說：「我們參加革命是為了奉獻，不是為了索取，你文化水平不高怎麼參加革命工作？」後來在父親的鼓勵下，她參加華僑普通話學習班，又參加上海市工農業餘初中文化廣播學校學習。一九五九年她參加里弄工作，先後被評為虹口區愛國衛生先進工作者、優秀紅十字會員、五好積極分子。她在家裡操勞家務，教育培養子女，和父親相濡以沫，使這個家庭成了大家所羨慕的家庭。

父親還經常配合有關部門開展對台宣傳工作，組織台胞寫對台宣傳稿，他自己多次寫對台宣傳稿件，他在一篇文章寫道：「我在台灣從十七歲離開農村，我從小店員、配藥生到公司職員，前後換了十五個單位，不但生活困苦，生活一直不安定，政治上受盡二等公民的屈辱，迫使我走上反對帝國主義統治台灣的道路。曾經被捕坐牢，抗戰勝利後國民黨政府又對台灣進行殘酷壓迫，終於爆發二二八起義，在這場轟轟烈烈的革命精神鼓舞下，我也參加了起義的行列，國民黨反動派對台灣人民實行血腥鎮壓，我被迫離開可愛的家。我來到大陸受到黨和政府的關懷，我從一個普通職員升到科長、副廠長。黨和政府在政治上對我熱情幫助和信任，我被選為第一屆至第五屆市人民代表，最近又被選為政協常務委員，尤其使我終身不能忘記的是多次受到毛主席和周總理的接見。從我的個人經歷中，深深感到台灣只有回到祖國懷抱才有幸福，才有光明前途。」

每逢春節、中秋節他都要通過浦江人民廣播電台、福建前線廣播電台的對台廣播發表講話，希望台灣的朋友們要為祖國統一大業而努力。報社、電視台、電影製片廠為了反映大陸台胞在上海的幸福生活，進行對台宣傳，經常到我們家採訪和拍攝。父親都給予積極配合。有一次上海電影製片廠拍攝的電影紀錄片《把上海人民的關切寄往台灣》，就有父親和我們一家人的鏡頭，這部片子當時在全國和國外放映，對台宣傳效果很好。

父親在榮鼎橡膠廠工作也是認真負責，特別是他分管的財務，他總是嚴格把關，精打細算，使這家面臨倒閉的工廠走上正軌，這家廠曾因為資方之間意見分歧，鬧不團結，有的退資；資方盧鴻飛在鎮壓反革命運動時被逮捕；在五反運動中發生右川鼎造虛構購買橡膠一噸約六千的空白發票被審查。又因為這家廠原來租用的大華廠，廠房落後設備陳舊，後來三個資方又出資一萬元，重新租用寶山路的廠房，又添置一些設備才興旺起來。後來又動員葉仁壽，讓這家廠最早一批公私合營，又讓這家廠併入上海膠帶廠。

林田烈對工作認真負責受到大家的肯定，所以他被選為從一九五四年上海市第一屆人民代表至一九六四年第五屆人民代表大會的代表，還被選為上海政協第二屆至第七屆的常委。尤其使他終身難忘的是他多次去北京開會，和毛主席、周總理、鄧小平等中央領導一起合影。在一次全國工商聯會議後的合影，他因為是主席團的成員，坐在第一排，在毛主席左面第二十六個位置上（可惜因為幾次搬家那張照片找不到了）。

「文化大革命」前後

一九六六年開始了史無前例的「文化大革命」。這場運動給無數中國人帶來災難，同樣也給很多在大陸的台灣籍同胞帶來不同程度的折磨和迫害。「文革」一開始，台盟就被迫停止活動。當時父親在上海膠帶廠擔任副廠長，廠裡一批造反派一開始就把矛頭指向父親，不但隔離審查，而且連續批鬥幾次。廠門口張貼著批鬥林田烈的大幅標語，甚至在外灘十五號那時的民主黨派大樓的外牆上也有，那些造反派強加父親「叛徒、特務、走資派」等各種罪名。他那時心情很鬱悶，當時父親已是六十幾歲的人了，被拉去批鬥一站就是幾個小時，批鬥完還要下車間勞動，他硬是咬牙挺過去。他想：「我沒做錯事，我問心無愧，我不會走絕路，我要對得起黨，對得起自己的家人。再苦我也要堅持下去。」

經過三年的批鬥審查，造反派查無實據，於一九七一年四月結束審查，宣佈「解放」。他比起其他一些人，算是幸運的，據說當時周總理有指示，對民主黨派負責人要保護，所以他沒被抄家，沒被發配外地農村勞動。他聽說不少大陸的台胞就因所謂的歷史問題，莫須有的罪名，被打成「漢奸」、「台灣特務」、「裡通外國」、「右派」、「反革命」、「黑六類」、「反動學術權威」等，有的被關押和管制十多年，製造了許多冤假錯案，不少人受到嚴重摧殘，甚至含冤致死。

我父親總算挺過來了。我父親是愛恨分明的人，他被宣佈「解放」以後，聽說葉仁壽在鄭州被造反派批鬥得很厲害，他在上海的妻子也受到牽連，他在上海的存款利息被凍結，在上海的兩棟房產被查封。他妻子是日本人，是葉年輕時去日本娶的，她一直跟著葉仁壽走南闖北，來到上海，特別是葉去了鄭州，她帶著三個孩子留在上海。可是「文化大革命」中，她被里弄的造反派批鬥，那些曾受過日本侵略者傷害的人把氣出在她身上，把她帶到街上，戴著高帽子遊街。

我父親知道這事後，很揪心。他說：「怎麼可以這樣，日本侵略者和日本人民是有區別的，日本人民是友好的，在抗日戰爭期間也有日本人投入中國的抗日戰爭。葉太太人那麼好，放棄日本較好的生活條件跟著葉先生四處奔波，多麼不容易啊！」他後來叫妻子淑卿每月從生活費中拿出二三十元偷偷地到她家給她。

他說：「人家有難，我們應該幫助她。」一直到撥亂反正，葉先生在上海銀行的存款被解凍，他的兩棟房產被歸還，他們的生活才好起來。父親這個時候還經常去走訪一些在滬的台胞瞭解情況，如黃贛譚、石光海、邱正義等。有些人也因為受到「文革」的打擊，家庭生活非常困難，他經常拿出一點幫助人家，那時糧票等票證可當錢換東西，他有時就把多餘糧票送人。

在「文化大革命」後期，很多外單位的人來找父親，要通過他調查，寫調查證明材料。蘇新、林良材、詹以昌等十幾個人的單位，都來過。我父親本著實事求是的精神，為這些人寫了證明材料。我在父親的遺物中看到他對林良材的情況是這樣寫的：「我與林良材在被捕前互不認識，我於一九三一年九月初被捕後關在台北警察署扣留場五至六個月經受警察審問。在這期間知道林良材也被關在這裡。有好幾次看見他被警察叫去審問回來時衣服濕透，走路相當困難，知道這就是被灌水或被拷打。後來我們這些人被警察署送到台北州廳扣留場約兩個月之久，這所扣留場關押的都是台共案件的人。我和林良材、洪朝宗被關在一個牢房，這時才相互認識。在這裡大家曾經舉行罷食鬥爭。一九三二年的夏天被押送台北刑物所（就是監獄）都是每人關在單人房間，以後就沒有聯繫……。」

由於我父親寫下的證言證詞這些人後來也一個一個被「解放」。林良材後來在廣州台盟工作，有一年他來上海，正好葉仁壽也從鄭州來上海，他們兩個和我父親在香港就是好朋友，這次在上海他們三人經常在一起，有時在葉仁壽上海的家，有時在我們家，他們都喜歡喝酒，我記得很清楚，在我們家三人邊喝邊聊都訴說「文化大革命」的遭遇，不免也發發牢騷，有時他們也借酒消愁，划划酒拳。

這裡還要提到一個人，叫宋非我，藝名叫藍波里，他也是我父親在香港時認識的，據說他在台灣電台的說笑節目很有名氣，和林良材、葉仁壽等也都認識，也是新中國成立初來大陸，在福建電台工作，也用閩南話表演說笑節目。這期間他也來上海，有時住在葉仁壽家，有時住在我們家。他喜歡喝酒還常常說笑話，引得大家捧腹大笑。他長著四方臉，帶著眼睛，有一副滑稽面孔。不過他很有才，在我家住了兩天，他和我住在一間房間，在趕寫歌劇劇本，常常寫到深夜，我看了一下寫得很有劇情，詞句都很押韻。但回福建後就不知他的下落。

粉碎「四人幫」以後，黨和政府十分重視關心台胞政策的落實工作，先後發了七三號、九二號文件，一九八一年又發了中央三八號文件，通過撥亂反正，全面恢復和落實黨的台胞政策後，在台胞中的冤假錯案得到平反、昭雪，從而極大地調動台胞的積極性。父親這時也重新走上了工作崗位。

一九七八年十一月台盟上海市支部舉行第四次盟員大會，標誌著「文革」結束後，台盟活動的恢復。這是全國各地台盟支部和上海市各民主黨派當中恢復最早的。這次大會選舉許文思為主任委員，林田烈、李喬松、郭昭烈為副主任委員。這以後，我父親作為台盟的專職幹部，每天在台盟上班，辦公地點設在陝西北路一八六號。他積極為在滬台胞工作，他瞭解到很多在滬台胞普遍不被信任，被認為有「台灣關係」、「海外關係」，而受到歧視，不僅不被信任，還被審查，不少台胞因所謂歷史問題，莫須有的罪名，被打成「漢奸」、「台灣特務」、「裡通外國」、「右派」、「反革命」、「黑六類」、「反動技術權威」等，他們在歷次歷史運動中受到不公正待遇，有的竟被關押和管制長達十年之久，在台胞中製造了許多冤假錯案，有的還連累到家屬，有的傾家蕩產被掃地出門。

我父親瞭解到這些的情況，他通過各種渠道向政府有關部門反映，如張錫均，他一九三五年與謝南光等台灣同胞組建台灣革命黨，任副主席，一九三七年到上海，任上海光華醫院副院長，在此期間，與中國共產黨地下組織建立了聯繫。抗日戰爭爆發後，作為一名熱愛祖國的台灣人，在行醫的同時，從事對日的情報工作，抗日戰爭結束，為使一些尚處在地下的中國共產黨人有個合法身分，他成立了機構掩護共產黨人的革命活動。

一九四七年台灣發生「二二八」慘案，三月一日在上海的六個台灣旅滬團體組成「二二八」慘案後援會，張錫均也參加，後援會向報界發行小冊子揭露陳儀一夥屠殺台灣同胞的罪行，他們還組成代表團去南京向當時的國民黨政府控告陳儀一夥屠殺的罪行，代表團乘專機去台北直接與陳儀交涉，回來後後援會繼續揭露台灣當局鎮壓台灣同胞的罪行，直到陳儀下台才解散。但一九五五年因潘漢年案牽連被逮捕、監禁，一九五八年被判刑，一九七五年獲釋回上海，直到一九八〇年才撤銷一九五八年的判決，得到平反。

又如張添梅，在日偽及國民黨統治時期的「上海台灣公會」（即上海台灣同鄉會）就被鄉親們選為常務理事，他經常捐款出資，維持上海台灣公會為同鄉服務的費用。「二二八」事件發生後他聯絡在上海的同鄉聯名寫了譴責暴行的聲明和對台灣鄉親的慰問信函。一九四九年春節前夕，駛往台灣的太平輪在長江口岸被撞沉沒的震驚國內外的駭人悲劇，數百名準備回鄉過年的台灣鄉親遇難，他和台灣鄉親，千方百計打聽消息（後有三十餘生還者），幫助遇難家屬向輪船公司嚴正交涉，要求對方承擔責任進行賠償，但在「文革」張添海也中受到衝擊，還戴上「歷史反革命」的帽子在監獄中過了七年的勞改生活，後來也平反了。

還有蔡國嘉也是最早在台灣省旅滬同鄉會工作，也是最早參加台盟，工作認真負責、勤勤懇懇、任勞任怨獲得同仁的好口碑。但他也曾經被錯判為「歷史反革命」，一九八一年才得到平反。後來黨和政府對台胞提出「一視同仁、不得歧視、根據情況、適當照顧」的政策，上海有關單位才逐步重視對台胞政策的落實工作，這也鼓舞了在滬台胞，提高在滬台胞的積極性。父親後來也還被選為全國政協委員。他積極參加各種會議和活動。特別是每年他都參加政協的視察活動，看到上海和各地在「文革」以後，黨中央把工作重點轉移到經濟建設上以後，出現許多新的變化，使他感到歡欣鼓舞。一九七八年中美兩國建交，台盟上海支部組織上海台胞座談，大家表示決心，要與大陸同胞和台灣的骨肉同胞一起，為早日實現國家統一做貢獻。

父親在發言中指出：「中美建交不僅是中美兩國關係中的歷史性事件，也是台灣同胞所期望的，我們要抓住這個契機，多做對台工作，為祖國統一貢獻自己的力量。」一九七九年元旦，全國人大常委會《告台灣同胞書》發表，在上海的台灣同胞非常擁護，父親在台盟上海支部舉行的聚會上發言，呼籲台灣當局順應民意，順應潮流，消除隔閡，以民族利益為重，實現祖國統一大業，他還賦詩寄情懷念台灣家鄉。同年十月台盟上海支部還舉行文娛聯歡晚會，歡迎以黃成台為團長、張景霖為副團長的旅日台胞國慶觀光團，聯歡會上在滬台胞業餘文藝小分隊表演了精彩的節目。許多台胞唱了家鄉的歌曲，表演了歌仔戲，大家沉浸在歡樂的氣氛中。父親這一天也特別興奮，他和客人們有說有笑，有時說台語（閩南話），有時說日語，他們都盼望台灣回歸大陸後也能這樣歡樂。

一九八〇年父親接受《人民畫報》記者的採訪，同年《人民畫報》第四期，以三個大版面刊登《林田烈一家》的文章和照片，文章介紹了父親的簡歷及一家人在上海所過的幸福生活，並有大小照片八幅。這畫報一刊登，使很多人都瞭解了林田烈和他一家。

一九八一年九月二十六日《人民日報》有一篇文章對他觸動很大。文章寫道：「經過對實際情況的調查、分析、核對，只要是對幹部的不實之詞，不正確的結論，不論它是在什麼時候、什麼情況下做出的，都應該堅決糾正和推倒。」於是，父親向市委有關部門寫了申訴報告，要求重新審查一九五三年對他的錯誤批判和處分決定。他在申訴報告中寫道：「我在台灣被捕入獄沒有自首變節。一九三一年我被捕時，是地下黨被破壞，敵人已掌握全部地下黨員名單，敵人使用各種刑罰，我始終沒有出賣組織、出賣同志，我也從沒寫過『悔過』或『轉向』的字。當時同時入獄的，現在還在黨內的有蘇新、林良材、詹以昌。另外，台盟總部從國外搞來一份日本在台灣警務所審問台灣地下黨的材料，也可以查實……另外，說我和資本家有千絲萬縷的聯繫。我接觸的資本家都是愛國的，陳金石在台灣參加『二二八』，在香港把他經營的『大春行』作為黨的聯絡站，他現在又是廣州市政府的參事。葉仁壽在香港時曾幫助黨內同志，在上海，我進他的橡膠廠工作是經過黨同意的，葉仁壽現在是河南省政協副主席，這些都是有證可查。」

審訴報告最後寫道：「現在年齡雖然大了一些，但我仍願為黨多做工作，我希望能回到黨內，在組織的教育幫助下為祖國四個現代化、為台灣回歸祖國的神聖事業做出自己的貢獻。」市委有關部門收到林田烈申訴報告後非常重視，專門組織內查外調。最後作出決定，推翻以前的錯誤結論，讓林田烈重新回到黨內。當組織把這個決定告訴他時，他非常興奮，他埋藏在心裡的苦悶和疙瘩終於被解開。共產黨是事實求是的，確實有錯就改，過去處理錯誤的，就要平反，就要恢復名譽。謝雪紅也是這樣，她在「反右」鬥爭中被打成極右分子，被開除黨籍和剝奪公職，一九七〇年十一月五日因肺癌去世。到了一九八六年九月十六日，在她逝世十六年後也得到了平反，為她恢復黨籍，台盟總部為她恢復名譽，把她的骨灰從普通百姓的墓地遷放北京八寶山革命公墓。

我父親對謝雪紅一直很欽佩，不僅僅因為她是父親一九四八年在香港加入中國共產黨時的入黨介紹人，而且因為她的一生是充滿傳奇的一生。父親一直保存她的照片。

懷念戰友，思念親人

父親是很重感情的人，是孝子，當他得知母親在台去世不能前去盡孝，久久跪在母親像前傷心欲絕……當他得知曾一起在台灣奮鬥過的人，一個一個去世，他很傷心。楊春松一九六二年去世，他傷心，陳金石去世，他很難過。每次他去北京開會時，見到王萬得、蘇新、林良材、詹以昌、蕭來福、周青等這些老同志、老朋友，他們總喜歡抽空聚在一起，回憶往事、感慨萬千，他們為一些沒能逃出台灣而被國民黨反動派殺害的人感到悲傷。例如，聽說廖瑞發因「台共」被捕，出獄後他再加入台灣地下黨，於一九四九年被捕殺害；簡吉因「台共」被判十年，「二二八」事件中，他與黃埔軍校出身的張志忠組織了自治聯軍與國民黨反動派展開鬥爭，一九四九年出任中國共產黨台灣省工作委員會山地書記，一九五一年由於叛徒出賣，被捕就義，他被殺害時，才四十九歲；張道福是在台灣病死的，我父親聽到這些消息後非常傷心。

父親是個性格內向的人，平時不想說起過去的事，一說起他就淚流滿面。一九八一年有一個旅美台胞叫葉芸芸，她在北京採訪了蘇新後來上海要採訪父親。葉要父親詳細說說他在台灣參加革命的經過，父親說著說著就傷心地流了眼淚。葉在上海採訪了兩天。後來，她回美國後，和朋友一起創辦《台灣與世界》月刊，她陸續發表自己所整理的歷史見證人訪問記錄。後來，她又和台灣的戴國輝教授合著出版《愛憎二二八》，這本書就有提到採訪的內容。

一九八三年父親當選為第六屆（一九八三至一九八八）全國政協委員，這年他開完全國政協會議後又參加台盟總部的會議，又見到了老同志、老朋友，他保存了當時和開會的人一起拍的照片，特別是和王萬得拍的照片。但是，那時又有幾個老同志去世了，林良材是一九七九年十一月十三日在廣州去世，他當時的職務是台盟總部理事，廣東省台盟領導小組組長，全國人大代表。蘇新一九八一年在北京去世。這次是台盟總部召開的台共黨史座談會，大家又回憶當時鬥爭的情景，最後大家研究列出提綱，回去後著手寫台共黨史的回憶和材料。

父親回上海後，花了幾天時間寫出《我的回憶材料》為台盟總部和有關部門提供文獻資料。以後父親每年都去北京開會，在北京他總能見到蔡子民、吳克泰、張克輝等同志。蔡子民，我父親在香港時就認識他。一九四九年七月蔡子民加入台灣民主自治同盟，新中國成立後，他一直從事對台廣播的編輯工作。一九六二年九月轉到外事工作崗位後，仍悉心研究台灣歷史，關心台灣問題，結集出版了《台灣史志》一書。

一九八一年三月至一九八五年五月，他擔任中華人民共和國駐日文化參贊。我一九八三年去日本會台灣弟妹時見到他，歸國後歷任台灣民主自治同盟常務委員、宣傳部長，第四屆台灣民主自治同盟中央主席團主席，第五屆台灣民主自治同盟中央主席。第六屆台灣民主自治同盟中央名譽主席。中華海外聯誼會副會長等職。是第四、五屆全國人大代表，第六、七、八屆全國人大常委會委員，第九屆全國政協常務委員、港澳台僑委員會副主任。蔡子民二〇〇三年在北京逝世。吳克泰，我父親也已認識他多年，他一九四六年加入中國共產黨，曾任中共台北市工委委員、台北學委會書記。一九四七年參加了台灣「二二八」起義。一九四九年五月四日，率台灣省五四青年代表團到北京參加第一屆全國青年代表大會。

新中國成立後，歷任中國國際廣播電台日語組組長、亞洲部副主任、國內部副主任，中國國際信託投資公司業務部副總經理、聯絡部主任、資訊中心副主任。一九八三年後，長期擔任台灣民主自治同盟的重要領導職務，歷任台盟總部常務理事、組織部長，台盟第四屆中央委員會主席團委員，第五屆中央委員會常務委員。第五、六屆全國政協委員，七、八屆全國政協常委，台盟中央原顧問，中國和平統一促進會理事，中國國際友誼促進會理事，二〇〇四年在北京逝世。有一次我父親去北京參加台盟關於台灣「二二八」起義討論會時，我父親和吳克泰作為親身經歷者都發了言。因為台灣當局有人把「二二八」起義的起因說成是省籍矛盾，是台灣人民要「搞台灣獨立」，我父親和吳克泰都非常憤怒，吳克泰說在「二二八」事件發生的頭一兩天，群眾在懲罰貪官污吏的同時誤打了一些外省籍的一般公教人員，這是群眾自發鬥爭中難以避免的。

但是台灣人民很快自己起來糾正這一錯誤。很多材料都說明，許許多多外省同胞如教員、商人、學生及一般公務人員都受到了保護。因此，說「二二八」是台灣人打外省人，是以偏概全，顛倒了是非，模糊了台灣人民「二二八」反對國民黨反動統治的根本性質。至於說「二二八」是台灣人民要「搞台灣獨立」，則是國民黨反動政府為開脫其實施血腥鎮壓的罪責，強加給台灣人民的罪名。「二二八」台灣人民的政治訴求，集中表達在「二二八」處理委員會提出的處理大綱（三二條要求）中。這些訴求歸納起來無非是反對貪污腐敗，反對濫用軍權，反對對台籍公教人員的歧視和差別待遇，要求省政改革、實現民主和高度自治，保障人民生活和基本權利，簡化起來就是要求民主和自治……我父親在會上也發言，他說，在「二二八」期間一直在台北，從沒有看到過、聽到過要求「獨立」的口號。事後走了許多城市和鄉村，也沒有聽到過哪些人、哪些組織有「台灣獨立」的訴求。說明台灣當局在為他們搞台獨辯解，也是對「二二八」起義的侮辱。那次父親北京開會回來告訴我，吳克泰在台灣還曾經是李登輝加入中國共產黨的入黨介紹人，那時這事在大陸和在台灣還沒有公開。

張克輝，我父親也認識多年，有一次父親去北京開會，父親回來告訴我，他在北京住的賓館就和張克輝住在一個房間，他們經常晚上聊得很晚，張克輝是一九四八年在台灣考取公費留學，到廈大讀書。他在廈大時，加入中共地下黨，後來參軍，在閩西地區打游擊。新中國成立後，張克輝從福建省基層做起，後擔任福建省統戰部長、福建省台辦主任。成立國台辦後，張克輝以台籍人士身分，出任國台辦副主任，後擔任全國台聯會長和台盟中央主席、全國政協副主席等職務。張克輝還很能寫作，台灣曾出版他的作品集《深情的海峽》、《故鄉的雲雀崗》等。他的創作被改編成電影或電視劇《台灣往事》、《雲水謠》和《湄洲島奇緣》。

父親每次去北京開會見到這些老同志都非常興奮，也非常珍惜彼此之間的情誼。父親熱愛黨熱愛國家，他從不為自己謀私利。我一九六三年大學畢業的時候，他的一位好朋友叫吳鴻裕，是香港的企業家，剛好來上海，就提起要把我帶去香港，做他的秘書。父親沒有同意，他說：「國家培養一個大學生不容易，還是讓他為國家建設服務吧！」過了兩年，我二十五歲就加入中國共產黨，他非常高興，鼓勵地說：「要努力為黨的事業奮鬥終身。」一九八三年我有去日本的機會，他在日本的朋友想留我在日本工作，他也沒有同意，這和當時有些父母託關係把子女送出國，出現的「出國熱」形成鮮明對照。

父親對子女教育一直很嚴格，我小時候因為幾次轉學，在學校功課跟不上，他利用晚上時間幫助我復習，我數學不好，我父親雖然學歷不高，但因為做過多年的會計，對數學還是很懂，經常幫我解決難題。我父親還很喜歡我妹妹林麗芳，他看到我妹妹從小喜歡文藝，就竭力培養，請人幫她輔導，所以我妹妹初中畢業就考進上海戲劇學院預科班，讀了兩年又升表演系本科班四年，因為「文化大革命」她拖了一年才畢業，畢業後分配在北京中國青年藝術學院（現國家話劇院），很快她的藝術天分就被發現，經常在話劇舞台出演重要角色，如在《伽利略傳》中的伽利略女兒，在印度古典詩劇《沙恭達羅中的》沙恭達羅，在《蒙塞拉》中的少女埃倫拉，《遲開的花朵》中的賀佳，《明月初照》中的袁瑋，特別是在反映台灣題材的《歸帆》中的蔡夢園，很受歡迎。

我妹妹後來成了國家一級演員。她在當時北京文藝界小有名氣，經常在大型文藝晚會做支持報幕或表演朗誦，她還幾次作為文藝界、青年各界人士代表出訪幾個國家。有一年她還被中央電視台《藝術人生》欄目邀請做訪談節目，給這檔節目做主持的是著名相聲演員姜昆。一九八〇年我妹妹林麗芳被台盟總部指派赴日本參加第三屆台灣同胞墾親會，參加的人還有蘇新、葉仁壽、徐盟山、周青、石光海等九人。

父親更懷念家鄉的親人，特別是惦記著留在台灣的兩個最小的兒女，也是我最小的弟弟妹妹。這兩個兒女在台灣出生時，父親當時在香港都沒見過。來到上海本以為很快回台灣，可一過幾十年，他們也杳無音信。父親無時不在思念他們。直到一九七八年十月，有一個旅日台胞叫許溯宇的是我父親在台灣的朋友，他帶領旅日台胞參觀團來到上海，我因為參加接待所以找到我父親，還和他拍了照片，父親才託他去台灣打聽兩個兒女的下落。沒多久，許溯宇帶他日本的朋友也是旅日台胞李鴻發和施受錫來上海，告訴我父親一個好消息：找到我小弟和小妹的下落了，還帶來了台灣兩個兒女的聯繫電話、照片和信，從此我們才和台灣的弟妹通過日本互相通了信。

我的小弟林志明在寄給我們的一封信這樣寫道：「母親在一九四九年生下我後，把兩個哥哥和兩個姐姐帶離台灣，將年幼的姐姐和我留在台灣，從此骨肉分離，由於父親的特殊身分，幾乎所有的親朋好友視我們姐弟倆為毒蛇猛獸，不敢收留我們，也不與我們往來，最後寄託在家貧如洗的伯父家，伯父不准我們向他人提起我父母，過著無父無母孤兒般的生活，四十多年從未見過父母一面……」

當時我們看了這封信都留下心酸的眼淚。我們又得知在日本有個父親的外甥女叫城倉珠美，也就是我的表姐，她住在日本長野。我們也和她取得了聯繫，以後經常和他們通信。我父親每次看了從日本轉來的信和照片都激動萬分。我很喜歡看這些照片，看到照片上不熟悉的人或者陌生的環境，我總愛問父親：這是誰呀？這是在哪兒呀？父親呢，只要記得起來的，都一一回答，還叮囑我在照片背面寫上拍攝的時間、地點，免得時間久了又忘記了。一九八三年許溯宇和李鴻發就考慮要邀請我們去日本，在日本和台灣親人見面，台灣的弟妹要去日本是很容易，而從大陸去日本就不那麼容易，特別是我父親有特殊的政治身分，李鴻發考慮再三先邀請我和母親先去，作為嘗試和鋪路，如果一切順利再邀請我父親去。結果我和母親先去了，一切都很順利（我後面會提到）。

一九八五年我父親已經八十歲高齡了，李鴻發為了我父親的身體安全要我母親陪他去，於是他又親自發出邀請要我父母去日本。在日本我父親終於和從台灣趕去的兩個兒女見了面，他們見到了這兩個兒女，互相擁抱、痛哭。這兩個兒女，大的是女兒叫林奕珍，小的是兒子叫林志明。他們在日本見面後起先對父母是有責怪的，說：「你們當初為什麼把我們兩個最小的留在台灣，把幾個大的都帶在身邊？你們知道嗎？我們小時候多麼苦，過著寄人籬下的生活，被人看不起，被人欺負。」鄰居也看不起他們，說他們是沒有父母的孩子。父親聽了這些感到非常心酸，他流了很多眼淚，他為自己沒能盡父親的責任感到內疚。他也作了一番解釋和勸說。他說：「這是因為政治動亂，這是歷史所造成的，請你們原諒。」

父母在日本，與這兩個兒女度過難忘的日日夜夜。他們講了過去許多往事，志明講了他在台灣當兵時，曾被派往金門，他看到朋友撿到大陸宣傳炮彈打過來的宣傳紙上有父親的信和照片，他馬上搶過來，藏了起來。奕珍也說，她在台北，有一天親戚來告訴她，有父親的講話廣播，她晚上在家偷偷地聽大陸對台廣播，果然聽到父親的講話聲音。父親聽了他們這些話，感到好驚訝，沒想到有那樣巧事。他當時所做的對台宣傳還能有這個效果。父親還關心他們現在的生活，當知道這兩個兒女都有家庭，都有三四個孩子，生活過得很好，他們感到欣慰。

父親還向他們打聽台灣一些親友的情況，他們詳細講了外婆、祖母去世的經過，講了大伯、二伯、三伯、四伯和他們一些孩子的情況。志明還特別提到潘欽信夫人的情況，潘欽信我父親認識，他也是早年參加台灣文化協會，在蔣渭水的領導下進行反日鬥爭，也是最早加入台灣共產黨，他受組織安排，相當多的時間在廈門從事革命活動，一九三一年又被指派回台灣作為共產國際的使者指導和從事台灣的革命運動，他後來被日本統治者判了十三年徒刑。潘欽信出來後就回大陸。潘欽信夫人叫潘廖盆，以前和我母親很要好，她是做生意的，以前也經常去香港，我父親在香港時也常叫她帶東西給我母親，她有四個女孩，沒有男孩，所以後來找到我小弟林志明，對他很好，把他當兒子看待，常叫他到她家去。

小弟、小妹也問起父母在大陸的生活，他們不理解，為什麼當初在香港生活得很好，要去大陸，為什麼不去日本。父親說：「因為我們是中國人，我堅信這條路沒走錯。」他們也問起哥哥姐姐們在大陸的生活情況。當他們知道他們的二姐林麗芳在北京當演員，而且是國家一級演員，著名的話劇演員，非常高興。他們說；「要是她現在在台灣，你們就可以享福了。」父親說：「要是在台灣，她也不會讀到大學，也不會當演員。」兩個星期後奕珍、志明回台灣了，他們又依依不捨地離開了。

在日本，田烈和淑卿還見到很多旅日台胞。李鴻發先生為他們提供住宿，還帶他們去旅遊。許溯宇先生在他們到日本前不幸去世了。他們倆也特地去拜訪許的家人，還去許的墓地祭拜。很多旅日台胞和華人聽說他們來日本都非常歡迎，東京華僑總會設宴招待他們，他們分別會見了林天民、吳允泰、劉瑞鱗、張廖富源、張廖富南、蔡慶播、陳金財、黃成台、葉仁義、洪維成等。這些都是父親多年的好友。和他們會見，父親介紹大陸取得的巨大成就，介紹上海發生的巨大變化。台胞、僑胞對祖國欣欣向榮及巨大發展潛力表示由衷的高興。他們還交流有關和平統一和發展兩岸關係的看法。

熱心台胞服務工作，為祖國統一事業傾注了心血

父親從日本回來以後，他更加忘我地工作，他一九八四年四月擔任台盟上海分部主任委員，後來又當選為台盟總部常務理事、全國政協委員、上海政協常務委員、中華全國工商業聯合會常務委員，那時他已近八十歲，雖然黨和政府給了很多照顧和安排，給他增配了一套住房，配備一部車接送，還勸他不用每天上班，但他還是堅持每天上下班，晚上回到家裡還要看文件，有時還要約朋友商量工作，他廣泛地聯繫在上海的台胞，他經常主動走訪曾經批判過他的台胞，如一九五一年曾經參加台委會整過父親的幾個台籍黨員同志，還有在「文化大革命」中台盟造反派鬥過他的幾個台盟黨員，父親和他們促膝談心，化解矛盾和恩怨。

他還走訪幾個曾經被錯劃「反革命」被打成「漢奸」、「台灣特務」、「裡通外國」、「右派」後來平反的在滬台胞，父親以自己的經歷告訴他們：「人的一生總有挫折，要向前看，不要向後看。」父親總是帶著親切和藹的笑容和台胞談心，說話坦誠，

所以受到很多台胞的愛戴。以後他不但要參加市里各種會議和參觀活動，還要接待海外來的和從台灣來的台胞。來大陸的台胞，有的是來探親旅遊，有的是來定居的，有的是來治病的，有的是來談生意、搞投資的。不管什麼事找到他，他都非常熱心，為他們提供方便。

有一年他接待從美國來的台胞夫婦，他們都是學業有成，他們在上海看到祖國欣欣向榮的景象，很受鼓舞，表示要來上海定居和工作。我父親感到他們是人才，國家一定很需要這種人才，他積極向政府有關部門反映，並且配合政府有關部門妥善安排他們的工作和生活。這兩個人後來在黨和政府的關心和培養下，都在黨和政府擔任重要職務。有一次，住在日本的一位台胞子女因騎摩托車摔傷胳膊，在日本治不好，他父親陪他來上海，父親知道這事後聯繫了醫院讓他住院，他還常常抽空去醫院探望，經過醫生精心治療，這個病人治好回國。他的父親非常感激，一再來信表示感謝。有一位旅日台胞要來上海投資房地產，他不顧高齡和他們一起去看虹橋開發區要批租的土地投資房地產。後來，遇到一些挫折，因為他來得比較早，有關對外開放的政策還不夠明朗，法制還不夠健全，所以投資項目沒有成功。他又去賓館找他耐心解釋。這位台胞很感動。也表示理解。

一九八七年台灣開放來大陸探親旅遊後，來上海找我父親的人更多，有他的侄子，有他的妻弟，更多是他不認識的，是朋友介紹過來或外地台盟介紹過來的。對來的台胞，他都熱情接待，向他們介紹大陸和上海建設的新成就，向他們宣傳和平統一的方針政策。知道父親經歷的人，常常會問：「您一生經歷了許多坎坷，來到大陸也有過不公正的對待，說明我們台灣人總是受人欺負，難道您不希望台灣獨立嗎？」我父親總是耐心地說：「我過去所從事的鬥爭就是為了能夠使我們台灣人擺脫被統治的地位，成為中國大家庭的一個部分，大家都能享受自由、平等和幸福，我對所選擇這條路沒有後悔過，即使在最困難的時候，我也堅信這條路沒有走錯，台灣只有和大陸統一才能有前途，才能享受祖國大家庭的光榮和利益，能夠共用祖國的榮譽，永遠擺脫台灣目前被孤立的局面。」

有的台胞還提出疑問：「若統一，台灣不是被大陸吃掉了嗎？」父親說；「我們黨中央提出一國兩制、和平統一祖國的方針，就是說，統一之後，在國際上代表中國的，只能是中華人民共和國，台灣地方政府對內政策上可以自己搞一套，可以維持原有的政策，維持獨立的立法權及現行法律，獨立的司法結構，台灣還可以使用特別的旗幟，還可以使用中國台灣的稱呼，可以有自己的軍隊。所以不存在台灣被大陸吃掉。不過我們反對台灣獨立，台獨是把台灣從中國完全分割出去，那對於台灣和台灣人民將更加悲哀更加沒有出路。」父親這些語重心長的話語給台胞留下深刻的印象。

父親還曾接待過被國民黨反動派迫害的台胞。有一次，一個在上海觀光旅遊的台胞團，有一個老台胞向導遊打聽林殿烈，當聽說他就在上海，就提出要見他。父親和他約好時間去賓館相見。原來他是住在台北縣新店市中正路上的王紫玉先生，他說起來，父親才想起這個人，他也曾參加反日鬥爭被捕入獄，也曾參加「二二八」起義，後來被國民黨反動派抓起來，關在綠島幾十年。父親和他一起回顧當時鬥爭的情景心潮澎湃，當又聽他說起在綠島被關幾十年，受盡摧殘和折磨。父親又感到心如刀割，非常氣憤。不過他也向他慶賀，他能活到今天。他們一直談到深夜，第二天他就隨旅行團走了，以後他們再也沒有見面。

父親在晚年仍努力工作，經常接待從台灣來的和海外來的台胞，他還通過各種渠道寫文章，發表文章，寫信給台灣的親友，宣傳一國兩制、和平統一祖國的方針政策。有一次小弟從台灣帶來一本林氏家譜《龍美家譜》，這是在台灣的我的堂弟林宏吉託人編寫的，父親看得很仔細，有些地方還作了批註和摘錄。他經常對我們說：「家譜是根的象徵。」父親平時還經常剪報和收集資料，他經常拿這些資料給別人看，來說明台灣人的祖先就是從大陸去的，台灣和祖國大陸是不能分離的。

這時候我父親因為身體原因退掉台盟主委由他推薦和選舉鄭勵志為主委。鄭勵志是一九四九年經香港到北京的。曾任任復旦大學世界經濟研究所所長，中華全國日本經濟學會常務理事，上海市日本學會副會長，後來任政協上海市委員會副主席、全國政協常委、台盟第四、五、六屆中央常務委員。

生命的最後時刻

一九八七年，父親因患膽囊炎在醫院治療了一個月。剛出院，他就要去北京出席全國政協會議，大家勸他請假不要去了，可他說：「去北京開會，是討論國家大事，我為國家出力的時間不多了，這麼重要的會議，我怎能不去呢？」

後來組織上照顧，讓我母親陪他去。在北京他參加了全國政協會議後，他又參加台盟總部的一次會議。參加這次會議的人都是在大陸的曾參加「二二八」的倖存者，有十六位人士。他們討論了「二二八」事件的起因、經過、教訓，和這事件對於當前提出「一國兩制，和平統一」的現實意義。與會者一致認為一九四七年在島內爆發的「二二八」事件，是台灣同胞反對當時專制、腐敗統治的愛國民主運動，而絕非省籍衝突和排外行為，大家對「台獨」分子，把「二二八」事件說成最早的台灣獨立運動，感到氣憤。他們指出，這是對台灣同胞正義行動和愛國民主精神的歪曲。父親回上海後，他寫了一些文章，又參加幾個會議，他太勞累了。這時他經常感到腹部疼痛，沒多久，他又住進華東醫院。

在醫院裡，在一次檢查中醫生發現了胰腺癌，已經晚期，醫生和家人都瞞著他。其實他也意識到，他託人買了醫學的書看，有人來他就偷偷藏在枕頭下。樂觀的父親並不因為是絕症而放棄希望，他甚至相信自己一定能創造奇蹟。他忍著病痛配合醫生和病魔進行頑強的鬥爭。後來醫生開出病危通知。組織上極為關心，多次去看望，並請醫生竭力搶救。很多朋友知道這消息也來看望。在台灣的小兒子林志明得知這消息，馬上和他的妻子、兒子來上海，幾個在台灣的親戚朋友也趕來了。那天，父親知道他們要來醫院非常高興，很早就坐著輪椅，在醫院大廳等候。他和大家一一握手，談笑風生，他顯得很開朗，很健談，很風趣。

他說：「我是回不了台灣了，你們以後要多來大陸看看。」他最後還說：「國家要昌盛就要統一，統一才會昌盛，你們要多為祖國統一做貢獻，不要讓『台獨』分子的陰謀得逞。」

本來醫生說，他的病情雖然嚴重但也不會很快走，所以我想小弟和這些親友都是第一次來大陸，就帶他們到比較近的蘇州、杭州走一走，沒想到僅僅過了兩天，就不行了，我和小弟連忙趕回來。我父親走到了生命的最後一刻，儘管家人，特別是台灣趕來的小兒子大聲喊著，他卻匆匆離去，與世長辭，我也慟痛欲絕。他帶去的是人間美好的感情，留給大家的是綿綿不盡的哀思。

上海台盟為父親舉行隆重的追悼會，因為我父親去世時的職務是上海台盟名譽主委、全國政協委員、上海政協常委、中華全國工商聯常委、台盟總部常務理事、台盟中央評議委員會委員，所以中央和上海的有關領導都來參加，在滬的很多台胞和台灣來的、海外來的台胞，以及他的親朋好友數百人參加，追悼會大廳周圍放滿花圈。

追悼會以後，按理他骨灰可以在上海革命公墓安葬，可是他的小兒子，我的小弟林志明苦苦哀求，他說：「讓我帶回台灣安葬吧，讓他也葉落歸根吧。他在世時，我沒能盡到孝心，沒能多陪伴他，讓我做些補償吧。」家裡的人經過研究商量，最後同意讓他把骨灰帶回台灣。

我小弟把骨灰帶回台灣後，在親戚朋友中引起轟動，他們紛紛去參加各種祭祀活動。我小弟還出資在台北縣八里鄉郊外山坡上的公墓購買一塊墓地，這塊墓地面向大海面向大陸，入葬儀式很多親戚朋友參加，非常隆重。墓的碑文寫著《龍美顯考殿烈林公墓》完全按照中國祖先傳下來的風俗格式。因為林氏祖先也是從大陸過去的，祖籍福建省泉州府同安縣盛盟鄉積善里北洋保十七都龍美社，從開基始祖一直到我父親有十一代，所以為什麼墓碑寫有「龍美」、「顯考」，就是這個道理。一直到現在每年台灣的親友或大陸的親友還會去父親的墓地參加祭拜活動。

如今，父親去世已經二十三年了，他雖然不能看到改革開放以來上海的巨大變化，但是他會從長眠的地方仰望海峽對岸，為祖國的每一點成就感到高興，也期盼祖國完全統一的那一天。

1

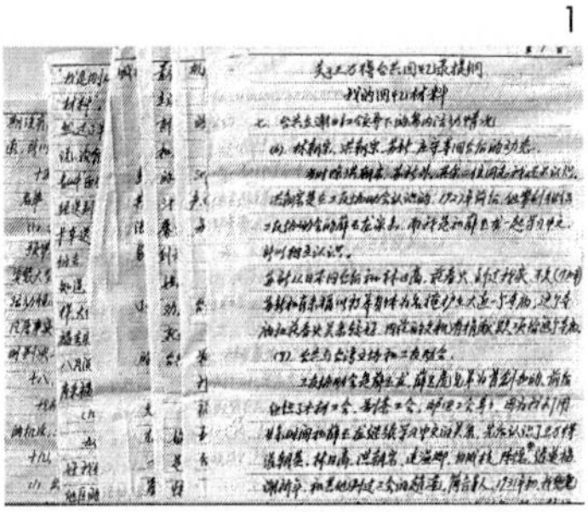

3

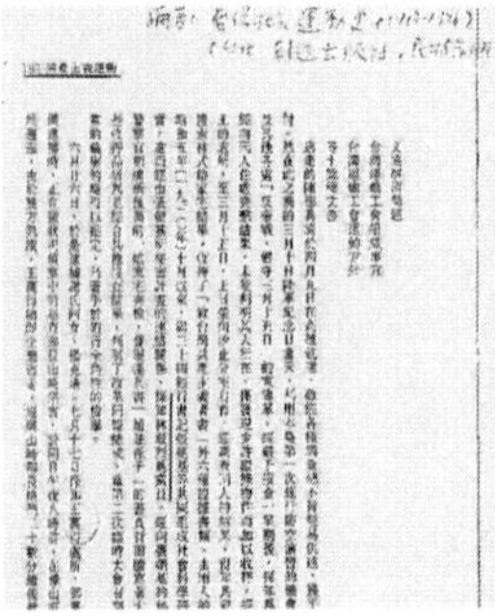

2

林姓祖廟在汲縣

1.父親遺物中父親的一些手稿
2.父親平時還經常剪報和收集資料
3.台灣出版的《台灣社會運動史》書中有提到我父親名字的頁面（193頁）

1.

2.

1.父母懷抱姐姐和我
2.父母婚後的第一個孩子

父親出生台灣省台北縣三重埔六張庄

參加父母婚禮的台灣家族

左上，1978年隨參觀團參觀湖南板倉楊開慧烈士陵墓
右上，父親隨參觀團參觀安徽省佛子嶺水庫（攝於1956年6月）
左下，我們兄弟姐妹初來上海
右下，父親在上海台盟主持中秋活動

右上，父親在香港（攝於1950年5月2日）
左上，父母在原葉仁壽給的房子門口
左下，父親隨參觀團參觀煤礦
右下，1978年6月父親隨參觀團參觀寧崗縣毛澤東和朱德第一次會面的地方

父母帶我們在香港遊覽

母親帶著我們從台灣來到香港

父親去北京開會見到陳金石、楊春松、葉仁壽（攝於1960年2月）

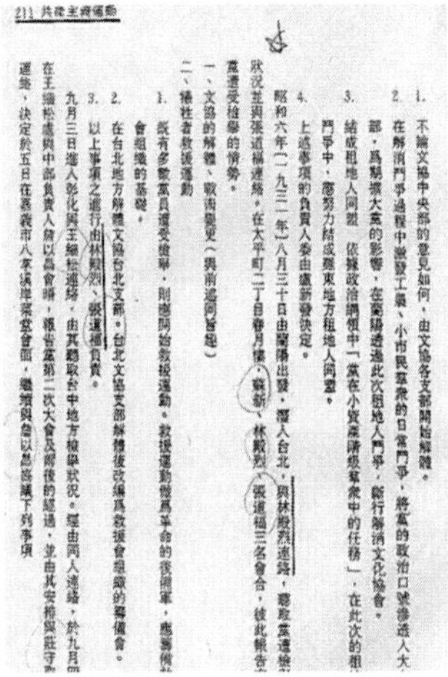
211 共產主義運動

1. 不論文協中央部的意見如何，由文協各支部開始解體。
2. 在解消鬥爭過程中激發工農、小市民羣衆的日常鬥爭，將黨的政治口號滲透入大……部，爲擴大黨的影響，在臺籍透過此次租地人鬥爭，斷行解消文化協會。
3. 結成租地人同盟 依據政治綱領中「黨在小資產階級羣衆中的任務」，在此次的租……鬥爭中，應努力結成蘭東地方租地人同盟。
4. 上述事項的負責人委由蘇新發決定。

昭和六年（一九三一年）八月三十日由蘭陽出發，潛入台北，與林殿烈連絡，聽取黨遭檢……狀況並與張道福連絡，在太平町二丁目春月樓，蘇新、林殿烈、張道福三名會合，彼此報告……黨遭受檢舉的情勢。

一、文協的解體、戰術變更（與前述同旨趣）

二、犧牲者救援運動

1. 既有多數黨員遭受檢舉，則應開始救援運動。救援運動應爲革命的後備軍，應籌備……會組織的基礎。
2. 在台北地方解體文協台北支部，台北文協支部解體後改編爲救援會組織的籌備會。
3. 以上事項之進行由林殿烈、張道福負責。

九月三日進入彰化與王敏松連絡，由其聽取台中地方檢舉狀況。經由兩人連絡，於九月……在王敏松處與中部負責人會晤，報告黨第二次大會及解後的經過，並由其安排與莊守……連絡，決定於五日在嘉義市八家濱岸茶會面，繼續與會以爲協議下列事項

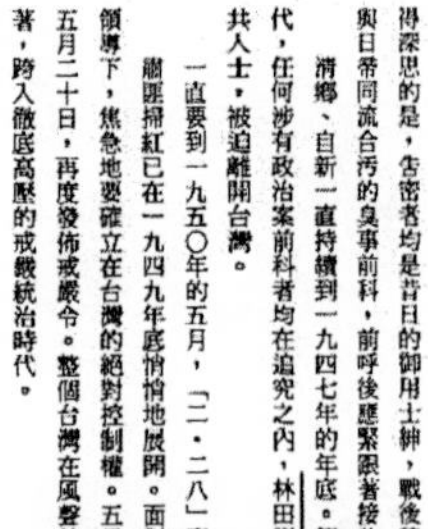
臺灣二·二八 二九四

得深思的是，告密者均是昔日的御用士紳，戰後積極表現愛國而求自保並圖掩飾與日帝同流合汚的臭事前科，前呼後擁緊跟著接收官僚的一些「新」人物。

清鄉、自新一直持續到一九四七年的年底。範圍一再擴大，竟追溯到日據時代，任何涉有政治案前科者均在追究之內，林田烈、蕭來福、李喬松等一些舊台共人士，被迫離開台灣。

一直要到一九五〇年的五月，「二·二八」事件有關公案才正式公佈結案。

剿匪掃紅已在一九四九年底悄悄地展開。面對存亡掙扎的國府，在蔣介石的領導下，焦急地要確立在台灣的絕對控制權。五月一日，實施全省戶口總檢查，五月二十日，再度發佈戒嚴令。整個台灣在風聲鶴唳、草木皆兵情況下，被驅趕著，跨入徹底高壓的戒嚴統治時代。

左，家譜上寫上我父親的名字，他排行第五，是最小，他上面有四個哥哥

中，台灣出版的《台灣社會運動史》書中有提到我父親名字的頁面（211頁）

右，旅美台胞葉芸芸和台灣的戴國輝教授合作出版《愛憎二二八》書中提到我父親名字

台灣社會運動史 212

一、黨再建運動

其要旨與在羅東與盧新發所協議者相同。中央委員迄今尚未遭受檢舉者僅潘欽信一名，但由於連絡斷絕無法期待其執行中央的任務，遂決定再建黨中央部以及有關人選委由詹以昌進行。

二、文協解消問題

由詹以昌聽取文協中央部有關本問題的意見，得知宣佈解體爲不可能，乃決定與盧新發的協議事項同一方針。

三、關於工會運動

在中部地方工會運動殆無進展，應選擇文協等的活動份子召開工會組織者會議，並侵入鐵路、汽車、豐原養豚會社等。

四、關於農民運動

由於農民組合幹部大部份被檢舉，有關農民組合再建經交換意見的結果，黨將告訴農組員有關農民運動的方針。

五、救援運動

採行在台北與林殿烈、張道福協議決定的事項同樣的決定，進一步在各地方組織救援會的籌備會，以其活動進行全島性救援會的組織。

六、以上事項的推行委由詹以昌負責

翌五日蘇新赴嘉義，在八掌溪岸菜寮與莊守會面，互相報告檢舉狀況，並決定前述與詹以昌會同協議的同樣事項，其進行委由莊守負責。九月十二日，在彰化郡和美庄陳家添處潛伏中遭受

台灣出版的《台灣社會運動史》書中有提 到我父親名字的頁面（212 頁）

▲亡命於北京的「二・二八」有關人士（攝於西元一九八七年）。

反而是居少數的共產黨人，無論是僞台共或中共地下黨人，對自己在事件中處境之險惡，比較有認知與警覺。可能他們在日據下經歷過大檢舉，以及借鏡大陸共產黨人在白區地下活動之經驗，另一方面，他們也有實際存在的組織關係。軍事鎮壓開始，無論是拋頭露面搞武裝抗爭的，或是隱藏幕後做智囊的，都能迅速匿藏起來，或試圖逃出島外，估計總共有近百名「二・二八」事件的關係者，日後在大陸定居下來。

起義與鎮壓

事件之初期，警備總司令部之軍事措施，一方面電請中央增調部隊，一方面抽調駐鳳山二十一師獨立團中之一營，及基隆要塞守備隊中之兩個中隊，開往台北拱衛省會。並劃定台北、基隆兩個戒嚴區，分別以憲四團團長張慕陶，基隆要塞司令史宏熹爲戒嚴司令，並劃定新竹、台中、南部三個防衛區，發表蘇紹文、黃國書爲該前兩區司令，嘉義以南則由高雄要塞司令彭孟緝負責，以承擔防務及應付事變。

三月八日，整編二十一師上陸以前，警備總部捏造藉口，謊稱南部民眾武裝

騷亂、起義、鎮壓的虛與實　二七七

在《愛憎二二八》書中有一張照片第三排右第二是我父親 227 頁

128 台灣共產黨史

轉下，工作路線急遽轉變，由過去的「關門主義」轉變爲「開門主義」[illegible]。因此，工農運動有了迅速的發展，黨員數目急劇增加，工人階級中普遍建立了黨支部，文化協會和農民組合都被他誘入黨的控制中。這個階段可以稱爲台共的「黃金時代」❶，只是爲期並不長久。

一九二八年四月上海台灣讀書會事件後，日警對台灣共產黨的活動採取監視行動，但是台共活動仍在地下秘密進行，這使得他們的活動情形難以爲人所知。一九二九年台灣左翼運動的發展，被日本當局視爲與共黨活動有關。

一九三〇年年底陳德興由上海返台，以及一九三一年一月王萬得返台，都被日警偵知，日人認爲此二人必定攜有對台灣共產黨運動的重要指示。

一九三一年的三月十日——日本陸軍紀念日，日人第一次在台灣舉行防空演習活動，這一天台北有人散發「反對帝國主義」的傳單，使得日本當局決定進行搜查與逮捕台共的行動。王日榮和林式鎔這兩位印製傳單的人隨後爲日警逮捕，這兩個人從一九三〇年十一月開始，即和張朝基組織社會科學研究會。因此，張朝基和一位台共黨員林殿烈之間的秘密聯繫關係暴露了。後來，有關改革同盟成立以及台共臨時大會的重要文件也被扣押，三月二十四日在日警的逮捕過程中，早已列入黑名單的農民組合[illegible]被捕，與趙港在一起的陳德興則得逃脫，隨後又於高雄被捕❷。這些逮捕行動以及黨內重要文件的暴露，使得日本當局得知改革同盟和臨時大會存在的事實。

逮捕共黨的行動遍及全島：首先，謝雪紅和楊克培於六月二十六日在台北被捕，七月十七日王萬得被捕，七月底蘇新也被捕，潘欽信、[illegible]、莊春火於九月一日在基隆被捕，九月中劉纘周於彰化被捕，其餘尚有多名重要黨員顏石吉、劉守鴻、莊守等亦陸續被捕，總計這次行動中，共有一〇七名台灣人被逮捕，其中七九人從一九三一年十月開始陸續送往檢察單位。

1?? 台灣共產黨史

改革同盟另一重大錯誤：反帝同盟或是赤色救援會的組織尚未成立，而文化協會並未淪爲反動團體，不應該被解散。[illegible]

[illegible]

當蘇新回台日本當台後，[illegible]，林殿烈[illegible]，從八月起開始，[illegible]署名「台灣共產黨」的傳單，同時準備刊印《工農報》。十一月以後，[illegible]其餘人陸續被捕，他們重建黨的企圖也就實際被擊潰了❸。

另一方面，七月十九日[illegible]在宜蘭被捕，黨中央[illegible]，黨中央陷於散漫狀態。八月底，[illegible]擔任[illegible]的地區負責人，負責重建黨中央，並開始解散文化協會各支部，以擴展黨的影響力❹。[illegible]回台北，指揮林殿烈、張道福爲台北地區負責人，命令他們解散文協台北支部，以便改組爲赤色救援會❺。

日本當局展開對台共黨員的逮捕行動後，文協及農組這兩個台共外圍組織事實上已無法活動，農組竹崎會議通過的決議——[illegible]農業工會、解散文化協會、成立反帝同盟、出版《農民戰線》等，都已無法實現❻。八月左右，台共中央委員會的活動完全瓦解。

在一九三一年九一八事變爆發前，日本在中國的軍事干涉愈來愈明顯，共產黨所謂的「第二次帝國主義戰爭」爆發的危機已迫在眉睫。在這種情勢下，台共、文協及農組的成員認爲黨的活動不能夠停滯不前，八月九日農組幹部[illegible]、陳結、陳崑崙，以及文協幹部張茂良、詹以昌等人在台中文協本部集會，做出下列各項決定❼：

1. 尋找尚未被捕的中委成員，並與之聯繫。
2. 派遣代表前往中國大陸，以恢復台共和中共或第三國際東方局之間的關係，尋求重建黨中央的指令。

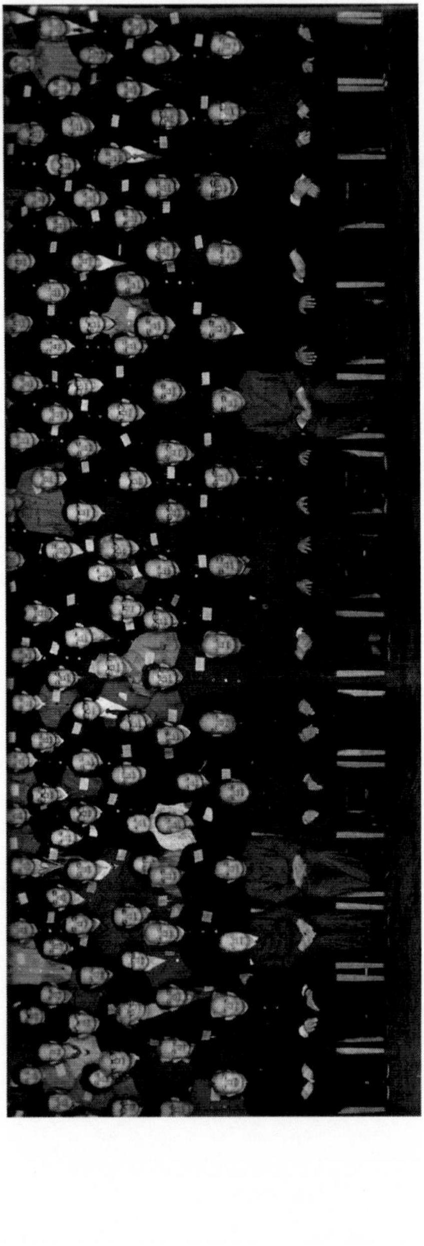

1983年鄧小平、鄧穎超等黨和國家領導人和各黨派代表大會代表合影，第五排右五為我父親。

1959中秋聯誼台胞聯歡會

台胞業餘文藝小分隊

1979年鄧小平、鄧穎超等黨和國家領導人和各黨派全國工商聯代表大會代表合影，第二排右二為我父親。

上，父親在上海見到台灣的老同學、好朋友，旅日愛國台胞許溯宇
下，父親在上海接待旅日台胞許溯宇帶領的參觀團

上，1980年《人民畫報》第四期，以三個大版面刊登了《林田烈一家》的文章和照片
下，1985年5月我父母去日本見到從台灣趕來的小弟、小妹和舅

父親接待旅日台胞醫學界代表團

父母去日本和從台灣來的小弟小妹見面並一起遊覽

上，父親去了香港，和楊春松、陳金石在一起（攝於1949年6月10日）
左，謝雪紅晚年照片
右，謝雪紅和楊克煌在一起

左，我在追悼會上致答謝詞
中，父親的骨灰安葬在台灣台北縣八里鄉郊外山坡的公墓上
右，父親因病住進上海華東醫院
下，父親的追悼會上有中央和上海有關領導，在滬台胞，台灣來的、海外來的台胞參加

上，旅日台胞劉瑞麟夫婦招待我父母
下，1985年5月我父母在日本東京設宴招

父親在北京和王萬得等人的合影

父親在上海台盟會議上講話

父親在北京參加台盟總部會議後的合影

第二章
我妹妹曾經是北京著名的話劇演員

前面在寫我父親的生平有提到我妹妹林麗芳，現在這個章節專門來寫她。她曾經是北京著名的話劇演員，當時報刊上經常有報導。她是一九六一年初中畢業就考取了上海戲劇學院預科班，當時很多人去考，只取幾十人（據說後來上海戲劇學院沒有再招預科班），因為她有培養天賦兩年後直升上海戲劇學院表演系本科。因為遇上「文化大革命」四年後沒有馬上畢業，在學校「鬧革命」，一九六八年才畢業。畢業後被分配到「北京青藝」（北京中國青年藝術劇院，現改中國話劇院），又因「文革」時期，她沒能馬上演戲，但她在許多老藝術家的鼓勵下，依然堅持業務學習，刻苦進行基本功訓練，滿懷希望地為藝術春天的到來積累力量。

廣大觀眾認識林麗芳是在一九七七年，「青藝」為紀念周恩來總理逝世一週年的文藝晚會上，她在詩朗誦《風箏》中扮演了一位高山族姑娘。清新脫俗的台風和樸實無華的情感，給觀眾留下了深刻的印象。這正是她一直勤奮地堅持藝術學習而取得的成果。以此為開端，她開始了在青藝擔當「當家花旦」時期。

這期間由她主演的劇目有《伽利略傳》中伽利略的女兒；《沙恭達羅》中的沙恭達羅；《遲開的花朵》中的賀佳、《山泉》中的林思里、《歸帆》中的蔡夢園、《蒙塞拉》中的埃倫娜、《明月初照人》中的袁瑋、《櫻桃時節》中的讓娜、《街上流行紅裙子》中的陶星兒、《開荒牛的迪斯可節奏》中的阿秀，同時在《紅鼻子》中扮演雜耍班女老闆、在《高加索灰闌記》中扮演老婦、妓女、貴婦、丫環不同形象的四個人物等。她所創造的一系列性格迥異、生動活潑的藝術形象紛紛登台亮相。

有報刊文章這樣寫道：「林麗芳在創作角色時善於從生活中吸取營養，她所創造的角色大都是三十歲左右的『淑女』形象，在創作過程中，她善於剖析各種典型形象的矛盾特殊性，把握每一個角色的思想本質、肖像特徵、語言習慣、形體規律等，從多種側面抓出一些細微的差異來，從而賦予了每個角色鮮明的個性。例如《蒙塞拉》中少女的埃倫娜『恨』和『倔』；《遲開的花朵》中賀佳的內柔外剛；《明月初照人》中袁瑋的含蓄、有主見等，都是林麗芳通過觀察生活，仔細研究各種人群的思維規律，再將生活中的素材彙入人物創作的藝術激情之中，為每個人物塗抹上層次豐富、角度獨特的色彩，而這種源於生活又高於生活的攝取和提煉也反映了林麗芳塑造角色的功力。」還有的文章這樣寫道：「林麗芳演戲的一個顯著特點是創作心態的真誠，即便在成名之後，每當她接受一個新角色時，都要經過一個很長時間，甚至是痛苦的揣摩，直到找到人物的準確感覺。在排演《伽利略傳》時，林麗芳廣泛涉獵有關著作和畫冊，瞭解十六世紀歐洲宗教、修道院的狀況，通過對劇中歷史背景的深入理解，使其創作的人物具有很強的厚重感和真實性。一位看過該劇的義大利記者贊揚林麗芳的表演：外形、氣質和思維都很像當時的義大利人。」

那時她經常接受媒體的採訪，有一家媒體問她是怎樣從生活中汲取營養的，她說：「作為話劇演員，沒有廣泛的知識和深厚的生活基礎，就不能深刻地理解人物；不嚴肅、細心地鑽研劇本和琢磨人物，也不可能塑造好角色。我在演《街上流行紅裙子》的陶星兒時，通過人物深藏於心的思考、探索、苦惱和寂寞，我感受到的是千千萬萬普通的人日常生活的狀態，以及他們平凡中的活力和韌性。在扮演《遲開的花朵》中賀佳她是熱愛平凡的服務性工作，內柔外剛，是爽朗又能控制自已的姑娘；而《明月初照人》中袁瑋的內柔外剛、寡言的物理系研究生，卻愛上了自己的指導老師等等。如何恰如其分又頗有特徵地表現這些群像，我遇到過困難，通過不斷的實踐體會到一點，就是需要反覆觀察生活，仔細研究周圍的人和事物，來抓住充分表現人物個性特徵的生動情節和形象。」

我妹妹林麗芳在北京除了參加許多舞台劇以外，還應邀各種文藝晚會的主持，如在「人民大會堂」舉辦的慶祝國慶三十五週年各民族大聯歡晚會上，男主持人為著名歌唱家胡松華，她是女主持人。

我妹妹小時候和我們生活在一起，她是一個腦勤、手勤的人。平時她總是抽空讀書，喜歡觀摩電影、舞蹈、音樂演出。在中學時做過業餘擊劍運動員，還特別熱衷觀看各項體育比賽。她也是從小開始就參加了促進祖國統一的工作。十二歲那年，上海人民廣播電台請她去用台灣話向台灣小朋友廣播。她以滿腔的熱情，純熟的鄉音，把自己寫的小詩、散文念給台灣小朋友聽。她覺得自己的心與故鄉的夥伴聯繫在一起了。她在北京也積極參加海峽兩岸交流的文藝演出。首都體育館、北京工人體育館、中央電視台等地方都出現過她飽含激情的朗誦、小品、歌唱以及節目主持。在這些演出中，她把對故鄉的懷念，對祖國統一的渴望表現得淋漓盡致，極富深情。她還曾帶著自己創作的盼統一、盼團圓的詩歌獻給在日本、美國等地的華僑和台胞們。她純正的鄉音、真摯樸素的語言感動得許多同胞熱淚盈眶。一些台胞作曲家還要把林麗芳的詩譜成歌曲。

大家知道，大陸民眾很喜歡每年「春晚」的節目演出（即中央電視台除夕春節聯歡晚會），我妹妹在一九八三年就參加第一屆春節聯歡晚會，朗誦的詩歌《每逢佳節倍思親》。

我妹妹林麗芳後來擔任很多社會團體職務，曾經任全國台聯第一屆理事會理事、政協北京市第十屆委員會委員、全國戲劇家協會理事、全國青年聯合會委員、北京市青聯常委、全國和平統一促進會理事等，她曾經隨代表團出訪美國、澳大利亞、紐西蘭、義大利、日本等多個國家和香港、台灣。特別是使她難忘的是一九八三年，當時胡錦濤擔任全國青年聯合會主席，林麗芳是全國青年聯合會委員、北京市青聯常委，她參加胡錦濤帶隊的慰問團去首都鋼鐵廠參觀慰問。

在兩岸交流工作中，她的表現總是認真、周到、細緻、真誠。八十年代，從美國完成博士學位的三位台胞回到祖國大陸，他們都是單身，在北京舉目無親。於是她就邀請他們到家裡吃飯，那時我媽住在北京，過節她讓媽媽做上一桌台灣家鄉飯菜，使他們就像回到自己故鄉一樣，感受到親人的溫暖。後來他們在大陸都發展得很好，其中有全國政協委員、教授、科學家，他們不僅在各自領域為祖國做出了貢獻，也起到了推動兩岸交流的重要作用。在當前經濟大發展的形勢下，有朋友、台胞來大陸投資設廠，她在北京都樂此不疲地幫助他們找地方、看房子，物色工作人員，盡心盡力地幫助他們解決困難。許多大陸廠礦企業都留下過她匆匆的身影。至今一些地方領導和兩岸許多企業家們都經常給她打電話，把她看做是加強兩岸聯繫，尋求共同發展的橋梁和紐帶。

她始終關注著兩岸的文化交流。她曾隨團赴台演出大型話劇《關漢卿》。一九九七年，青藝與台灣合作排演《伊底帕斯》時，林麗芳找到方方面面的對台工作人員，得到了他們的支持，促成了這次五十年來兩岸大型戲劇合作之先河的演出。《伊底帕斯》的演員全部起用台灣的原住民——鄒族同胞擔任。演出得到了各方面的肯定，加強了兩岸相互的瞭解，意義深遠。鮮為人知的是那時她正在生病，身體十分虛弱，待演出剛一結束，她就因體力不支住進了醫院。

當許多人對出國趨之若鶩的時候，我父親也曾對她說過這樣一段話：「在國家困難的時候，妳離開了祖國；等將來祖國好了，當妳的兒孫問妳『妳為國家做了些什麼』時，妳怎樣回答？」林麗芳的心一次次被父親這句很普通、很傳統的話淨化著。她常常說：「身為中國人，我們深感驕傲。我們對故鄉台灣，對祖國大陸都充滿了深情。」有人問她：「就您的體會，是北京好，還是故鄉台北好？」她深情地回答：「都好！台北是我的故鄉，我始終懷念她。北京有我的事業、家庭和朋友，最主要的她是祖國的心臟，所以我摯愛北京。」

在海外一次各種政治色彩人物政雲集的懇談會上，有人不友好地說：「中國不講人情，扼殺人才。」她當即起身說道：「我是一個從台灣回到祖國大陸的普通人，如今已被培養為國家藝術劇院的演員，我覺得自己的聰明才智已經得到了充分的發揮。」在當晚的晚會上，林麗芳指揮著中國代表團的九位老人高歌一曲《歌唱祖國》，在她豪邁有力的指揮下，在異國土地上久久迴旋著……。

幾個居住國外的親友也都曾熱誠邀請她去外國定居，並願提供各種優厚的條件。在日本的堂姐和在美國的姑姑都是成功的企業家。他們都數次誠懇相邀說：「像妳這樣在台灣以前有戶口的人，可以到香港，也可以入英國籍。」這些話更激起她對幾十年生活經歷的深情回憶。父親的那次談話也更加真切入心。她婉言謝絕親友的盛情，說：「妳們知道嗎，我的心、我的天地在祖國，我離不開它。」

林麗芳因為經常演出和各種社會活動，她太勞累了，結果生了一場大病，後來她退出了舞台，也退掉社會職位。但往事的輝煌，她記憶猶新，她保存了很多資料和照片，也想以後出本書或者畫冊。

我妹妹林麗芳長期住在北京，她有個幸福美滿的家。妹夫仲順和小時候也住在上海，和我們家住在同一弄堂，他和哥哥仲順雨經常和我們一起玩耍，後來他考取了著名的北京清華大學，一九六五年八月參加工作，後來就和我妹妹結婚，他們倆個可算是青梅竹馬。仲順和也是優秀人才，曾任核工業部第二研究設計院技術員、工程師、高級工程師，輕工業部北京家用電器研究所高級工程師、總工辦副主任、科技部主任，中國家用電器研究院常務副總工、總工程師，曾經在加拿大滑鐵盧大學協理教授，教授級高級工程師，回國後先後獲得國家科學大會集體銀質獎、核工業部優秀設計獎、輕工業部科技進步二等獎、有突出貢獻專家稱號、科技創新一等獎、輕工科技進步鼓勵獎等。二〇〇六年十月至今任中國家用電器研究院高級顧問。二〇〇八年六月起任青島澳柯瑪股份有限公司獨立董事。他享受國務院頒發的政府特殊津貼。他經常在學術刊物上發表學術論文，如《家用製冷業CFC替代技術的進展及前景》、《美國節能冰箱概況》等，他還經常受蘇寧電器公司等多家公司邀請做技術報告。

我妹妹和妹夫的兒子的一家，現住在日本也有很好的發展。他們倆個也很想得開，每年來上海兩三次，和我們林家以及妹夫的仲家親人相聚，有一張照片就是他們來上海組織林家仲家的親人及朋友在度假村拍的照片。

他們還利用假期去國外旅遊。我妹妹幾次去過台灣，前年她又陪丈夫去了一次台灣，和台灣的親戚朋友見了面。他們倆個平時生活互相關心，互相照顧，特別是我妹妹身體一直不好，經常生病，都是我妹夫在照顧她。我經常對家裡人說：「他們倆人相濡以沫幾十年也是我們學習的榜樣。」

《伽利略傳》

《明月初照人》

《沙恭達羅》

附　第一屆春節聯歡晚會（一九八三年）林麗芳朗誦詩：《每逢佳節倍思親》令觀眾十分感動，詩歌全文如下：

南去的風啊，北來的雲
捎去我的歌呀，帶去我的心
飛天越海到台灣
向骨肉親人賀新春
聽，千家爆竹騰歡浪
看，萬戶結彩喜盈門
一年一度的除夕夜
每逢佳節倍思親
抬頭望，滿天繁星數不盡
屈指算，我們已分離幾十春
骨肉同胞啊，何時能相見
妳可知道我們一片思念的心
山想妳，水想妳

日東升，月西沈
朝想妳，夜想妳
眼望穿，夢斷魂
海峽兩岸，彙集了多少相思淚
海峽兩岸，凝聚了多少骨肉情
月缺總有月圓時
骨肉怎能長離分
星移斗轉又一載
且盼祖國統一奏佳音
團圓日，到天安門前留個影
古長城上，去遊春。

妹妹和妹夫在台灣和親戚朋友拍的照片

上，1980年我妹妹林麗芳被台盟總部指派赴日本參加第三屆台灣同胞墾親會，有蘇新（左1）葉仁壽（左2）等

下，我妹妹林麗芳在話劇《歸帆》中出演蔡夢園

母親、二伯帶著各自的孩子與祖母在一起

第三章

我在台灣和在大陸的學生時代

我在前面「我的父親」中寫到我是一九四〇年七月生在廣州，這是因為我父母離開台灣在香港、廣州過著逃難的生活。直到一九四五年日本投降，父母才把我和姐姐、妹妹帶回台灣。我是七歲在台北日新公學校進小學，對這所學校我還有印象，因為我曾經保留過兩張照片，一張是我們家裡人帶我們在校門口拍的，還有一張是我那時班裡全班照的，有五十多人，全班都是男生，那時的小學都是男生和女生分班上課，如我姐姐在花蓮公學校，全班都是女生的。那時班裡拍的全班照，班主任男的穿著西裝坐在當中，可惜那張集體照幾次搬家現在找不到了。這所學校現在還在，名稱也沒有改，十年前我去台灣時看過，校樓也沒有什麼變化，如果我能找到當時那張全班照，也許能夠到這所學校查找幾個當時的同班同學。有一年我去日本見到旅日台胞劉瑞麟，他的夫人小時候就是日新公學校畢業的，雖然她比我小幾歲，也算是我的校友吧。我後來接待的台胞團，一說起我小時候在台北日新公學校讀過書，很多人特別是住在台北的人都知道，也有人小時候也在這所學校畢業。我在那所學校唯讀到三年級，以前台灣學校都要學日文講日語，從我進學校開始已經不用學日文講日語，不過很多地方還是繼承日本殖民統治時期的教育方式，老師對學生非常嚴格，對犯錯誤的學生要打手心、罰站體罰學生。我進這所學校沒多久，台灣就發生「二二八」事件，學校曾經停課，後來國民黨為了鎮壓「二二八」，從大陸派了大批軍隊來台灣，軍隊也開進我們那所學校，把學校當兵營，記得我們老師事先叫我們學生把自己用的課桌椅搬回家，怕課桌椅被當兵的當柴燒，直到軍隊撤走恢復上課才搬回去。

「二二八」事件，我那時雖然還小，但我還有印象，整個台北亂轟轟的，工人罷工，學生不上課，好多人走上街頭抗議、示威。後來國民黨軍隊到處抓人，有兩個特務來我家抓我父親，我也記得很清楚，一胖一瘦進來就喊：「林殿烈，跟我們走。」我媽媽拉著不讓他們帶走，我眼睜睜地看著我父親被帶走。過了兩天我父親僥倖被放了回來，當晚拿著行李就匆匆離家。我還記得他對我說：「你是大哥，你要聽媽媽的話，別調皮，要帶好弟妹。」我還記得台灣國民黨軍隊槍殺愛國者的情景，因為我家後面有廢棄的土丘荒地，幾個愛國者被綁著跪在地上，隨著槍聲一個一個倒下。那時我和幾個小朋友趴在土坡上遠遠看著，我們都嚇壞了，我回家晚上一夜沒睡著。

我們那時在台灣生活不富裕，特別是後來我父親逃離台灣去香港，我們是住在三重埔（現在叫三重市）外婆家，為了維持生活，我經常要幫舅舅做小生意。舅舅每天早晨要推著小車去鬧市區賣髮乳膏和小百貨。我還記得舅舅把批來的大桶髮乳膏，晚上我幫他裝在小瓶。那時圓環是台北最熱鬧的地區，有賣小吃的，有賣百貨的，我舅舅經常帶我去那裡。我十年前去台灣，也去看圓環，那裡已經不熱鬧了。已經敗落了。

我還記得小時候在台灣，經常去看布袋戲，又稱掌中戲，一個搭成小小的人工戲台，表演時，人躲在戲台下面用手伸進戲偶身子的布袋中來操縱，我印象比較深的是看過《西遊記》。那時候台灣的市政馬路沒有那麼好，馬路坑坑窪窪，又黑暗，還有一些小河流渠道也不填平。記得有一次姐姐和我去看布袋戲，回家的路上踩入一條臭水溝，後來在好心人的幫助下才把她拖上來，她已經滿身污泥，回家被媽媽罵，給她洗了又洗，還請寺廟的人來燒香念佛，保她以後一生平安。台灣的寺廟很多，宗教或習俗所傳承的慶典也很多，香火最旺為媽祖，有很多媽祖廟，還有普渡，每當廟會就圍著很多人，有遊行，有穿著高大戲服的，有踩高蹺的，有抬豬、魚、面仙的。我小時候很喜歡過節，因為過節不但熱鬧，還有吃的，如春節就吃甜年糕、蘿蔔糕、鬆糕，端午節吃粽子（粽子有豆沙的、肉的和鹹水粽），重陽節吃紅龜糕（就是包豆沙的紅糯米團），這些我媽媽都會做，一直到後來來大陸，過節都是她自己做，請鄉親同胞到我們家來吃。

我是十歲離開台灣的，是我母親帶著我姐姐、妹妹、弟弟和我坐船去香港，去和我父親團聚的。那時香港就已經很繁華，要比台北熱鬧得多，玩的地方也很多，我父親經常帶我們去幾個遊樂場玩，幾種電動的遊樂設施，如旋轉飛機、旋轉木馬，在台灣都無法看到，所以我特別喜歡玩。我在香港有半年多，可惜沒有進過學校，因為同年年底父母就把我們帶到上海。

我記得初到上海，我父親給我聯繫的是附近的建承小學，父親怕我學習跟不上，讓我重新從三年級讀起。那時我們住在南京西路弄堂裡一位梁先生的家。梁先生也是台灣人，他早期來上海做生意，他有兩個兒女，大的是女兒叫梁奕華，後來去香港叫沈梁容華，她鋼琴彈得很好，我經常聽她彈鋼琴，她彈的很多是世界名曲，如《軍隊進行曲》、《小夜曲》等，我對音樂的愛好是從那時開始的。梁先生的兒子叫梁欽榮，他和我年齡差不多，那時我們經常一起玩，他家有電動小汽車，能夠開著走，我還記得我們幾個小朋友在他家客廳，每人坐著椅子，一個一個挨著往前走，好像小火車。我和他們後來沒有聯繫，他們全家去香港了。我十年前去香港，見到沈梁容華，她是一家服裝有限公司的老闆。她弟弟也是搞服裝，聽說還是香港某商會的會長。我們在南京西路只住一年多，我也只在那個小學讀一年多。後來就搬家搬到虹口區溧陽路一條弄堂裡，我就轉到虹口區廣肇小學（後來改四川北路上的小學），這所學校老師和同學對我很好，因為他們都知道我是從台灣過來的，要特別關心。我現在還記得有個同學叫林來偉，他學習成績很好，老師指定他幫助我，有時他來我家，有時我去他家，他家就住在四川北路上，樓下是雜貨店，他家就在樓上，房間很小，為了讓我們做功課，父母故意出去辦事，怕影響我們。我讀中學時還經常和林來偉來往，後來可能他們搬家了，我再也找不到他。

我感到那個時候，我們台灣人來大陸完全融洽在一起，他們沒有把我們另眼看待，他們知道台灣人也是中國人。

我們家和鄰居幾戶人家關係都很親密。如住在對面的張家，是印尼愛國華僑，他們祖籍是金門。我和他們家的小兒子叫張惠海最要好，經常一起玩，他父親會講閩南話，經常來我家和我父親講閩南話，他母親是印尼人，剛來上海不會講中國話，但很快也學會了，她也經常來我家找我母親聊聊，還經常送來她自己做的印尼點心。張惠海游泳非常好，他經常參加游泳比賽並且得獎，我也曾經和他一起去游泳。在弄堂裡還有幾個和我同齡人，如宋林山、仲順雨等，我和張惠海等經常到宋林山家打牌玩遊戲。張惠海後來去香港定居了，幾年前我去香港還見到過他。

我讀中學也非常愉快，也在四川北路上叫粵東中學，後來叫四川中學，雖然不算大，不算有名，但學校除了上課以外，活動很多，當時學校都要派高年級的學生到我們低年級的學生擔任中隊輔導員（一個班級的少先隊員是一個中隊），擔任我們中隊的輔導員叫楊國昌，他帶領我們學軍事操練，步兵爬行前進、海軍手旗，還組織軍樂隊，學生的軍樂隊是打鼓和吹笛子，大家穿制服。那時節日經常有遊行，我們軍樂隊上街很威風。我還參加過籃球隊，我們同學自己組織的，我們取名「青峰」，雖然我球打得不好，總當替補隊員，但我們的隊出去比賽經常得勝。我還被推薦參加市里學生划船隊，那時黃浦江的船不多，能夠讓我們在江上划船。那時我有幾個同學關係非常要好，如陳遠亮、朱龍森、徐富定等，那時大陸的穿着都很普素，男生很少有人穿西裝，有一次黃士良、呂誠嗣、徐富定和我四人約好穿西裝去照相館拍了照片，我一直保存著見下圖。那時我們家比較大，樓下有客廳，同學經常到我們家聚會。陳遠亮家也比較大，他一個人住，父母都在香港，平時有住在隔壁的阿姨照顧。我們幾個同學經常去他家，唱歌、打牌，有時每人燒個拿手菜，圍在一起吃。直到現在我們還保持和一些老同學的聯繫。因為我們這些當時這所學校畢業的校友併入上海僑聯下屬的「上海木棉校友會」，每年

上海木棉校友會總要聚會一次，每次聚會和老同學拿著當時拍的老照片，大家傳著看。當年的中隊輔導員楊國昌後來雖然定居加拿大，但他也每年總回上海參加校友會的聚會，他坐在當年他們班級的學友餐桌上，但總到我們餐桌上敬酒，一起回憶當年的情景。前年我們聚會後我專門寫了一篇文章，題為《難忘同窗情》。這篇文章被刊登在「上海木棉校友會」的刊物上。文章這樣寫道：「二〇一〇年十月十六日我們又一次參加了木棉校友會的校慶活動，這已經是我們第三次參加這樣的活動，雖然我們能夠聯繫到的原來班級同學才十八個人，但除了一個已經去世，一個去國外探親和兩個請假，也來了十四人，從湖北沙市來上海探親的呂誠嗣也參加了，

我和初中同學在陳遠亮家聚餐

初中同學到我們家聚會唱歌

陳遠亮同學曾經三次中風，這次也由夫人陪同參加。呂誠嗣是第一次參加我們老同學聚會，他變得很多人都認不出了。同學見面，噓寒問暖，互道別情，回憶母校生活，共敘友情……楊國昌同志也來和我們敬酒了，他是我們初中時的中隊輔導員，那時他是高三班的，他現在已經定居加拿大，前幾次木棉校友會的校慶活動他也都趕來參加，他坐在原他們班上校友那桌，但他每次都到我們這桌和我們敬酒。有幾位同學帶來了舊時照片和前幾次聚會的照片，大家互相傳閱著，歡笑著……」

我一九五七年初中畢業考進高中是比較好的中學，叫北郊中學，學校老師和同學對我也很好。他們也知道我是台灣人，老師有意培養我，一開

初中畢業照，我在後排左第二

始就讓我當班幹部，後來又當團委委員（我早已入團，青年團是青年的進步組織）。我是管文藝的，組織文體活動。這所學校有幾項體育專項在全市中學生比賽經常得獎，比較有名。學校每年都要開運動會，我也經常參加組織活動。我以前長跑耐力不行，我同班同學陳萬遠長跑比較好，他住在我家附近，我下決心每天去學校不騎自行車，而約他跑步，花了半個多小時跑到學校，後來我也能夠參加三千米的長跑比賽。學校附近有個公園叫虹口公園，後來改魯迅公園，因為魯迅的遺體遷在公園裡，裡面設有魯迅紀念館。這個公園後來也成了上海有名的旅遊景點。當時我們幾個同學就經常去這公園玩，現在還保存當年的一些照片，有一些高中同學當時我們就很要好，如鄧達平他當時是我們的班長，他姐姐是上海有名的魔術師，鄧達平經常給同學變魔術，還會一些小雜技，他很喜歡畫畫，後來他考取了浙江美術學院，成了有名的畫家，我曾經幾次去杭州都去看他。還有施文德，我記得他那時很活躍，有人說他是「辯論家」，在談一些事時他總要辯得別人無言可答。有一次我和他騎自行車去上海青年宮，因為天氣熱，我把大衣脫下放在車龍頭上，騎到四川北路橋，下橋時龍頭上的衣服角卡在前輪裡，因為慣性作用後輪翻到前面，我人和車摔在地上，施文德在旁邊大吃一驚，以為我傷了不輕，結果我卻站起來一點也沒事。這事在後來老同學聚會時他經常講這事，讓大家哈哈大笑。施文德後來畢業於復旦大學哲學系，擅長中國哲學、周易、詩詞，他的著作有《詩詞格新律形式符號》、《東方平衡哲學論》、《黑格爾美學論稿》、《中國詩詞形式理論》，他還喜歡太極，創造《施式太極拳》，編著《博微太極推手》。我們這些老同學走上工作崗位後曾經很長時間沒有聯繫，後來在一次校慶時，大家聚在一起，大家感到要經常保持聯繫。後來一些老同學通過各種渠道打聽其他老同學的情況和位址，使原來聯繫的十幾人發展到三十幾個，有幾個在外地的老同學都聯繫到了，如顧昌祺，他曾經是重慶市郵政局副局長；趙曉瑜曾經是河北大學生命科學院博士生導師；過蓓芝曾經是廣東順德中西醫結合醫院的主任醫生……在一次聚會中大家還推舉我為聯絡負責人。二〇〇八年十二月二十五日，正值母校隆重舉辦一百一十一週年慶典之際，我們六十一屆的老校友，在北郊中學剛落成的新晏滬樓底層華麗的大廳內舉行聚會。聚會開始前就出現了歡聲笑語、令人激動的場面，大家熱情迎接遠道而來的幾位同學：有從杭州趕來的畫家鄧達平、有從加拿大回國赴會的醫生顏維川、更有闊別四十多年的原重慶市郵電局副局長顧昌祺……正在美國華盛頓探親的張士平同學打來越洋電話向與會同學問好，並熱烈祝賀母校一百一十一週年華誕！中午我們假座紅城閣酒家共進午餐。同窗老友，歡聚一堂，互通近況，互祝健康。宴會氣氛之濃烈，同窗情誼之深厚，實在難以言表！許多同學出於對母校的懷念——昔日田野風光的校園變成今日有十一層樓的現代化教學大樓，也出於對人生歲月的感歎——昔日生氣勃勃的英華青年變成年邁的花甲老者，更懷念許多言傳身教的優秀老師以及舊日同窗，大家在席散後仍在母校流連忘返，聚談了一個多小時，才互道珍重、依依惜別。二〇〇九年我們老同學還組織去杭州遊覽，回來後我們老同學張履中寫了報導在《校友通訊》刊登，文章這樣寫：「二〇〇九年九月二十日——二十三日，金風送爽的日子裡，我們終於假『湖光山影、婀娜多姿』的旅遊勝地——位於西湖近旁的杭州空勤療養院，圓滿實現了同學們多年的夙願，聚集到國內外十八位同學及老師親切聚會並開展旅遊活動。尤其是與原班主任洪始老師夫婦及杭州顧祥雲老師的歡聚相見，更讓人振奮不已！雖然活動頭三天，一直是『雨聲沙沙』，但絲毫未能減退由懷念母校、感激恩師、同窗友誼所激起的旅遊熱情。我們遊覽了充滿『野趣橫生』和『自然生態』的位於烏龜潭永福橋的永福樓茶莊等景點；瑰麗稀有的西溪國家濕地公園；租船暢遊了波光粼粼的西湖；漫步風光綺麗的柳浪聞鶯等景區；還參觀了聞名遐邇的園林古建築民宅瑰寶——胡雪岩故居。更令人難忘的是大家饒有興趣地拜訪了老同學畫家鄧達平的居舍，那富有藝術氛圍的畫室給人留下了深刻的印象。晚餐後，我們回到這座令人神往的樹木蔥蘢、環境幽雅的園林式療養院裡，進行聚談和放聲歌唱！大家憶舊談今，暢敘同窗友誼；談論自己曲折坎坷的經歷；回憶洪始等老師當年執著、認真和嚴謹的教學風範；興致勃勃地回首往年的奇聞趣事；傾聽幾位醫生同學講解有關保健益身知識。為交談助興，同學還相互點唱歌曲，同學們被朱以明同學甜美的女聲獨唱和陳丕千同學渾厚的低音獨唱所陶醉。白天，旅遊途中，不時出現男同學爭幫女同學提箱拎包的動人情景，晚上，則是熱鬧非凡、歡聲歌唱、舉杯祝福、熱情握手、互留倩影等一幕幕令人感動的場景。難道不正是體現同學們重逢開懷笑，同窗友誼深，歡聚相關愛的深情厚誼嗎？回憶是美好的，但久別重逢之際的時光更美好！我們熱烈盼望有更多同學相聚到我們中來……」去年我們在北郊中學還舉行六十一屆高中畢業五十週年紀念活動，我們原來的班主任洪始老師和原來學校的團委書記李熒老師等都來參加。

五十年歲月的流逝，同學們已分散在各地，且都已是花甲老人。但為了一個「情」字，大家都珍惜這一難得相聚的機會，獲悉這一紀念聚會後，紛紛從杭州、北京、重慶、廣州等地準時來滬赴約。紀念活動是我主持的，同學代表顧昌祺、黃婷也作了溫馨和感激母校之情的發言，顧昌祺在發言中說：「由於在北郊三年奠定的體育基礎，入大學後很快就被選入體育代表隊。一九六二年困難時期過後恢復的第一次北京高校運動會，我就以二十四秒的成績取得二百米跑冠軍。以後每年北京高校運動會，四百米賽跑我不是第一名，就是第二名，最好成績為五十一秒三。一九六四年還參加了準備全國運動會的北京市隊集訓。工作後，我的運動員生涯當然也就結束了，但對體育的愛好是不會改變的。長期的體育鍛煉也給了我良好的身體素質和健壯的體魄，在此衷心地感謝母校！」

會上，我們向母校獻了一塊「六十一屆高中畢業五十週年紀念」的牌匾，著名畫家鄧達平同學還在來滬赴會之前趕畫了一幅《松竹長青》畫作獻給母校。聚會熱烈活潑，同學們談笑風生，親密無間，流露出一個共同的心聲：對母校老師的辛勤耕耘無不由衷地感激，是老師無私的哺育，潛移默化的教誨，才培育出各行各業的精英人才。

上海北郊中學（現北郊高級中學）在各地都有校友，在北京就有北郊中學北京校友會分會，已經發展了一百四五十人，他們經常搞活動，還搞了電子版《北京校友通訊》已經出了二十五期。去年我去北京，在北京的老同學夏寶順和在北京老校友來了五位，他們都是大學畢業後在北京工作和住在北京的，其中有他們成立的北郊中學北京校友會分會的會長鮑進先和副會長唐春芳、酆瑋、田楨玲等。鮑進先是從事醫藥生物技術曾經發明藥劑及其製備方法，申請了國家專利。唐春芳是北京清華大學畢業，從事電子行業，他一直和我保持網上聯繫，他很熱心，知道我出書馬上通過網上聯繫告訴許多校友和老師。酆瑋是中國對外演出公司退休幹部，她是是電影表演專業科班出身，上世紀九十年代初，她曾經帶領一些中國雜技演員參與加拿大太陽馬戲團在北美地區的巡演活動。馬戲團的陣容十分龐大，光是演員就有近百人，除了中國演員，還有來自俄羅斯、英國、葡萄牙等國家的演員。演出從加拿大法語區的魁北克省開始，隨後一路南下，足跡遍佈美國各地，演出場次不計其數。田楨玲在聚會中談起她幾次去台灣的感受，因為她女兒嫁到台灣，她覺得台灣風光很美，人的素質也很高，她希望以後有機會和我一起去台

灣。那天我們聚會一起回憶在母校的學生生活，懷念母校的老師，還交談各自是工作和生活。在交談中他們也說起我最近出的書《一個在滬台灣人的回憶與往事》他們對我到了花甲之年還能出書表示高興和欽佩，他們都表示要購買，並且發動他們校友會分會的成員訂購。我也對他們對我出書提供各種幫助表示感謝。（附照片，中間那位就是北京校友會分會的會長鮑進先）。

前面我回憶高中學校生活，我再回憶高中畢業後的情況。在考大學時，藝術類總是先考，那時我妹妹是初中畢業，她也喜歡藝術，她去考上海戲劇學院預科（那時有預科班），而我去考北京電影學院導演系。結果，我妹妹考取了，我沒有考取。因為我初試錄取後，複試要去看電影，寫影評。我找不到放

映電影的地方，等到找到電影已經結束了。我妹妹讀了兩年預科後升本科，畢業後在北京成了著名的話劇演員。

我後來考取了上海師範學院（現在的華東師大），當時考進大學是住在學校的，不用繳學費住宿費，是國家培養的。但是當時國家剛好遭受三年自然災害，是國家經濟困難時期，買什麼東西都要用票，糧食也是定量的，在學校也不能吃得太飽，所以每星期回家一次，我媽媽總是給我們燒好吃的，給我們補補營養。回學校還給我帶做好的炒肉醬。那時我們的穿著都很樸素，零用錢也很少花，我比較專心讀書，空餘時間經常去圖書館看書。我當時還是喜歡文藝，還參加學校的業餘話劇隊。在大學裡很多人都自己埋頭苦讀，或者幹自己的事情，所以同學之間感情不深，我現在能夠記得的是兩個老同學賀海峰和程慶康。賀海峰，聽說是毛澤東的侄女，毛澤覃的女兒，但她從來沒有對外說，我曾經去過她家，在上海五原路。她曾經是某街道的黨委書記，後來聽說嫁給陳錫聯的兒子。她和我通過電話，後來就失去聯繫。程慶康在學校同班裡年齡最大，畢業後在中國銀行黨委工作，我曾經去找過他，後來彼此也沒有再聯繫。我曾經問過中學的老同學，他們很多也是大學同學感情不深，不來往，和中學老同學經常來往。

我在學生年代就喜歡各種文藝活動，每年寒暑假，我經常去看電影和舞台劇的演出，有時遇到有好看的電影或者名劇的演出，我會很早去排隊買票，如有一次為了看芭蕾舞《天鵝湖》的演出，我會提前一天去排隊買票，約了班上的同學去看。我在學校裡也經常參加各種文藝演出。前面提到的我曾經參加上海台胞業餘文藝小分隊，前面也提到，電影製片廠曾經拍攝紀錄片《把上海人的關切寄往台灣》有一張照片就是我和妹妹林麗芳在台上演唱，攝像機對著我們拍。

我那時候就喜歡旅遊，有一年是一九六四年我利用學校放暑假，我一人去青島旅遊，因為那時我上海的弟弟林其榮在青島「海軍」當兵，我去看他，我們兩個曾經在海上划船見下圖。

那時我還經常和幾個台灣籍的好朋友聚在一起，一個就是柯文雄，一個是楊震光，還有一個是謝黎明。柯文雄的父親也是我父親的好朋友，一九四六年柯文雄十歲也是隨父母來大陸住在廈門，他高中畢業考取上海交通大學造船系，畢業後在上海

中華造船廠工作，因為他在上海沒有什麼親人，所以經常到我們家。我去廈門時就是住在他父母家，他父母和家人熱情招待我。柯文雄在上海中華造船廠從技術員、工程師、主任工程師到高級工程師，經手參與許多類型的艦船的設計和建造工作，他從一九八一年到一九九六年都被當選幾屆的上海市人大代表。楊震光就是前面寫我父親生平提到的楊春松的小兒子，他一直住北京，他妹妹是楊淑英，住在上海，在上海復旦大學，後來嫁給了柯文雄，所以楊震光來上海也總約我見面。（楊震光曾經是台盟中央聯結部部長、中華全國台胞聯誼會常務理事、第九屆全國政協委員。）還有謝黎明是謝雪堂的兒子，謝雪堂在前面寫我父親生平提到是上海台盟第三任主任委員，我父親是第四任主任委員，所以我和謝黎明也很好。我保存兩張照片，一張是楊震光來上海和柯文雄、我弟弟林其榮和我一起的照片，還有一張是柯文雄、謝黎明來我家和我一起拍的照片。

上，高中時和同學在公園，第二排左一是我
下，高中時和同學去旅遊，第一排中是我

高中時的老同學在杭州聚會，85歲的原班主任洪始老師和師母也來參加

我在北郊高級中學主持高中畢業50週年紀念活動

第四章 我所經歷的「文化大革命」

我大學畢業後就分配在上海樹人中學當教師，但只做了一年多學校領導就推薦我參加楊浦區的「四清工作隊」。「四清工作隊」也叫「社教工作隊」指二十世紀六十年代在中國開展的社會主義教育運動，先是從農村開始，後來，在城鄉都發展為「清思想、清政治、清組織、清經濟」的「四清」運動，統稱為「四清運動」。那時各省市都成立「四清工作隊」，上海每個區也都成立「四清工作隊」，我所在的楊浦區也成立「四清工作隊」，隊長是楊浦區區委副書記夏良珍同志，她是老幹部。二十多年後我在上海華東醫院照顧病重的父親時，還遇見她，她也在住院。我分在一個工作組，組長是李金聚，副組長是何祖華。我們深入到一些居民群眾學習文件，提高思想覺悟，做清查工作，我們除平時工作以外經常為居民群眾做好事，如給各家門口粉刷、上油漆，清理下水管堵塞物，打掃垃圾髒物，有一次很冷的天我下到一口井下面把髒物淘乾淨，我因為工作突出被組長李金聚，副組長何祖華介紹加入中國共產黨，那時我才二十五歲。

現在看來長達四年之久的「四清運動」，雖然對於解決幹部作風和經濟管理等方面的問題起了一定作用，但由於把這些不同性質的問題都認為是階級鬥爭，不僅使左傾錯誤在經濟工作的指導思想上並未得到徹底糾正，而且在政治和思想文化方面還有發展。這樣，不但使不少基層幹部受到不應有的打擊，而且在一九六五年初又錯誤地提出了運動的重點是整所謂「黨內走資本主義道路的當權派」，造成在意識形態領域，也對一些文藝作品、學術觀點和文藝界學術界的一些代表人物進行了錯誤的、過火的政治批判，在對待知識分子問題、教育科學文化問題上發生了愈來愈嚴重的左的偏差，並且在後來發展成為「文化大革命」的導火線。

我入了黨後就提拔當幹部因為我是台灣籍，政府原來想把我培養成台灣籍幹部，所以沒有多久，把我調到一個區（楊浦區）一個街道（眉州街道）當幹部，讓我從基層工作做起，叫我負責那裡的青年工作。當時街道的青年工作是指一批沒有考取學校，又沒有工作的青年，不能讓他們閒散在社會上，容易學壞，做壞事。我負責的那個街道（社區）這些社會青年特別多，當時楊浦區政府把我們這個區作為青年工作的試點，區裡也派專門幹部來協助我們工作，我們把這批青年組織起來，學習時事政治，提高他們覺悟，有時還組織他們參加勞動，有去工廠勞動，有去郊區農村勞動，還搞一些文藝活動，確實效果比較好。但後來政府提出要動員青年到農村去，到邊疆去，到祖國需要的地方去。那時新疆還很落後，有大批土地沒有開墾，所以動員去新疆是工作的重點。我們那個街道幹部全體出動。按照當時的政策，除獨生子女以外，只要是沒有工作、沒有在校讀書的，都要挨家動員。

「新疆軍區生產建設兵團」是一九五四年駐新疆的部隊主辦的，剛開始是開墾土地，發展農業生產，解決部隊的生活，後來擴大生產要幾大城市的知識青年去增援。所以當時新疆軍區生產建設兵團也派人來協助組織動員工作，當時大部分青年因為受過教育覺悟比較高，也比較聽話，很多人報名。當然也有怕艱苦不肯報名，或者家長不讓去的，有些通過我們做了工作也報名了。當時楊浦區有十六個街道，我負責的這個街道報名的人比較多，所以後來由我負責帶隊去新疆，每個街道都派一專職幹部參加，他們被稱中隊長，而我被指令為大隊長，我們在火車站集合排著長長的隊伍上了火車。火車上達到水泄不通的地步，人多得不可想像，座椅上、座椅間、桌子上、走道上、行李架上、衛生間到處是人，有的甚至鑽到了座椅下，那種情況是現在的人怎麼也不可想像的。

因為我要去的地方在新疆南部（叫南疆），是新疆生產建設兵團第三師，火車要四天三夜，到了烏魯木齊還要坐卡車四五天，道路坑坑窪窪，風沙彌漫，經過的地方不是沙漠就是用土堆起的矮房。剛開始這些青年鬥志昂揚，在車上還唱著歌「到農村去，到邊疆去，到祖國需要的地方去」，後來也感到迷茫。行車的路上有幾個站點，有部隊的同志歡迎，安排用餐，晚上經過的地方都住招待所。到了那裡確實是一片沙漠荒地。我在城市住慣，第一次看到那麼荒涼的地方。還算好，當地已經給大家蓋起簡單的平房。我們幾個專職幹部和當地幹部配合很快把這批青年都安置好。我們耐心和這些青年做思想工作。叫他們安心工作，努力鍛煉，將來會有好的前途。我們幾個專職幹部把青年都安置好後兩三天我們就回上海了。

回來以後我們接下來的工作，還是要把剩下的青年組織起來，根據當時的政策，身體好的，可以工作的要給他們落實工作單位。為了讓這些青年儘量早點工作，我們專職幹部要去走訪一些工廠、企業，瞭解他們是否需要員工，需要多少人，然後回來按照青年的條件順序給予安排。工作單位有好有壞，分配好的單位，當然很高興，分配不好的有些不肯去，有的大吵大鬧，我們還得耐心做工作。總之當時政府都是為這些青年好，想法和做法都是對的。但是「文化大革命」一來把這些都搞亂了。

「文化大革命」是由姚文元的文章《評新編歷史劇〈海瑞罷官〉》引起的。這篇文章由江青和張春橋策劃，並得到毛澤東的首肯，該文的發表，以及隨之而來的群眾性的批判運動，成為爆發「文化大革命」的前奏。「文化大革命」從一九六六年五月一直延續至一九七六年十月，使國家和人民遭受嚴重的挫折和損失。那時上海幾所大學、中學受北京的影響，課也不上了，整天貼標語、撒傳單，「炮打」、「炮轟」、「打倒」等口號滿天飛，很多地方都組織造反派、紅衛兵，他們向黨政機關奪取權力，很多領導幹部被揪鬥，有的被毆打，他們對知識分子、有功之臣任意懷疑，任意扣上「反革命、叛徒、走資派」，當時上海整個都亂了，還出現了打、砸、搶現象。我當時只是街道小小的幹部，也被批鬥，起先是被街道的社會青年批鬥，因為那時被動員去新疆的那批青年很多都趁機逃回了上海，他們到我們街道辦事處來鬧，把我押到會場質問我為什麼把他們騙到新疆，我和他們理論，說：「這是響應國家的號召，我是按照上級領導的部署開展動員工作，我沒有錯，我沒有騙你們，也沒有強迫你們。」

後來，他們還押著我要去見區的領導、市的領導。那時區的機關大樓和市的機關大樓都癱瘓了，要找領導也找不到，他們又把我押到火車站準備去北京找中央領導，但火車站有軍隊把守，不讓他們衝進去爬火車。他們就在火車站大廳靜坐，一定要區或者市里的領導出面，解決問題。他們這樣鬧其實就是想把戶口和人調回上海。儘管我多次勸說：「這是不可能的。」他們還不肯罷休，在火車站有三天不讓我走，而他們說是全體靜坐，其實有些輪流回家，有的也感到這樣鬧不會有結果，回家不來了，後來區裡市里確實來了人，一起勸說，勸他們先回去，有什麼問題以後慢慢商量。這樣他們才被勸回去。我在火車站被他們押著坐了三天三夜，只簡單吃了點麵包饅頭，喝點水，但還算好，沒有被打，聽說有些街道負責社會青年工作的幹部被戴上高帽子，被綁著遊街，有的被毆打。

到後來越來越亂，在市的機關幹部、區的機關幹部，甚至街道機關幹部都分成了兩派，一派叫造反派，另一派叫保守派，造反派把矛頭對準一些主要領導和歷史有問題的、被懷疑的對象。造反派知道那時我父親被審查，知道我是從台灣過來的，當然也把我作為被懷疑對象，有一次造反派發動居民群眾把我們幾個所謂被打倒對象，有街道黨委書記于海友和我們幾個主要幹部（黨政工團的負責人）押在滬東工人文化宮會場台上，被按著頭批鬥。後來還要我們交代寫檢查。他們弄了幾天也不能把我們怎麼樣，後來按上級指示把我們這批被批鬥的人下放到五七幹校（崇明島東風農場）去勞動。我們在楊浦區所有被懷疑的機關幹部包括當時的區委書記張敬標和幾個主要領導都集中在那裡勞動。那裡條件非常艱苦，要在崇明島北面荒灘圍墾土地，種莊稼，我那時二十八歲，年紀輕無所謂，作為一種鍛煉，但有些老幹部，年紀很大照樣要到田裡勞動，我很可憐他們。

那時我有個對象是南京部隊文工團的演員，已經談了一年多，家在上海，工作在南京，平時我們經常寫信，那時收到她的信似乎一天在地裡勞動的疲勞都消除了，幹校的宿舍有八個人，我睡在裡面上下床的上層，晚上我經常躲在上面，並放下蚊帳為女朋友回信，我蚊帳裡面也掛有她寄來的手工藝品。我們宿舍的人都看得出我在談戀愛。有一次她來上海探親還特地來崇明島的幹校看我，被好多人看見。當時我們幹校勞動的人每週能夠回家一次，我也去過她家，去過南京見她。但是那時部隊的人談對象是要經過組織上的政審，就因為我的父親還被隔離審查，我被下放五七幹校，被認為有海外關係、有台灣關係，沒被女友單位同意，後來我們就分手了。

我在農村勞動了一年多，那時上海秩序已經不那麼亂，學校也逐步走上正規了。政府已經控制局勢，我的上級領導審查了我的歷史，沒有發現問題，又知道我是師範學院畢業的，而當時要恢復學校上課秩序，學校有些老師被打倒還沒有被「解放」，急需要教師，就把我調到楊浦區一所中學。所以我算是幸運的，在崇明勞動的機關幹部中是最早離開的一批。

上：我和那些知識青年在新疆圍在一起所拍的照片
下：我和其他帶隊的街道幹部一起在新疆所拍的照片

第五章 我做了十多年的中學教師

我從「五七」幹校先回到楊浦區政府，那時剛剛恢復高校高考，楊浦區也和其他區一樣臨時組織「高考辦公室」，我也臨時被安排到「楊浦區高考辦公室」，辦公室的成員都是從各單位臨時調來的，有二十幾個人。根據市區的統一部署我們先在楊浦區十幾個中學，讓學校安排幾個教室作為考場，我們作為高考辦公室的幹部，每人負責去幾個學校檢查落實和準備工作的情況，高考那三天，我們把市裡送來的考卷，清點份數，分頭送到各中學，考完又分頭收回，送市高考辦公室。雖然這工作時間很短卻很有意思。高考結束後「楊浦區高考辦公室」也就解散了，過了一段時間，區政府又把我分配到「楊浦中學」。

這是一所重點中學，校園很大，和我一起調去的共五人，都是原來的機關幹部。學校的領導和老師對我們這五人的到來感到非常歡迎。聽說這所學校在「文化大革命」一開始就很亂，學校的「紅衛兵」組織，把校長和幾個好的老師都進行批鬥，有的老師還被毆打，「紅衛兵」還參加了打、砸、搶。我們去的時候，看到的是一所傷痕累累的學校，衰敗的校舍、渙散的教師隊伍。那時學校還有「工宣隊」和「軍代表」，「工宣隊」是由工廠派出來的幹部，「軍代表」是由部隊派出來的幹部，他們都是來學校維持秩序的，那時學校的秩序剛剛恢復，但有幾個老師還沒有「解放」，就是還在接受審查。

學校的新領導先給幾天時間讓我們熟悉學校各方面的工作，然後分配我們對幾個沒有「解放」的老師進行審查，我們看這幾個老師的檔案材料，進行內查外調，即查他們歷史上有沒有參加反動組織，有沒有做過壞事。事實上都沒有，如果有都是被當時的造反派誣告，我們本著實事求是的精神對被審查的老師一個一個宣佈「解放」，即結束對他們的審查，恢復他們的工作，讓他們重新走上講台。

我印象比較深的是于漪老師，她從事語文教學很有特色，後來重新走上講台後以自己在語文教學中的突出成績而被評為上海市特級教師。（後來還曾任中華全國總工會候補執行委員，上海市第七、八、九屆人大常委會委員，教育科學文化衛生委員會副主任委員，全國語言學會理事，全國中學語文教學研究會副理事長等職。）「工宣隊」和「軍代表」都撤走後。學校的新領導看過我履歷表，知道我是師範學院畢業的，曾經在學校當過老師，又在街道搞過社會青年工作，對我期望很大。

當時剛好一批新生進學校，領導除了給我安排課程以外，還叫我擔任一個班級的班主任。給我的那個班級，差生很多，又很調皮，可以說是亂班。亂到什麼程度？舉幾個例子：老師上課在黑板上寫字，幾個調皮學生會敲課桌板，老師頭轉回來沒聲音了，問：「誰敲的？」誰也不肯承認。還有調皮學生下課時在黑板上畫醜化老師的漫畫，老師進教室哭笑不得。還有一次調皮學生把掃帚擱在教室門上，老師進來上課一推門，掃帚掉在老師的頭上，引來全班同學哄堂大笑。這些學生為什麼會那麼差呢？因為「文化大革命」期間，這些孩子沒有好好地讀書、受教育，有些孩子在社會上野慣了。我深知要把這個班級帶好是很艱難的。

我在班級中挑選比較好的同學，作為骨幹，交給他們任務，要他們每人帶好一兩個較差的同學，我竭力提高班長的威信，要他帶領全班同學早操練、隊列操練，我在旁邊看。我經常在門外後面的窗口看課任老師給學生上課的情況。放學之前，我要班長走上講台，講評每天的班級同學的好壞。對於經常表現差的同學，我經常找他個別談話，做思想工作，還走訪學生家庭，請家長協助教育。我經常組織班級同學出外搞活動。因為學生不僅要接受教師灌注的課堂知識和書本知識，還要接觸社會實際，學習無字之書。為此，根據上級指示，中學生每年要搞「學工、學農、學軍」的活動。學工，就是到工廠去勞動。是年級、班級輪流的，比如輪到我那個班級學工，我們是到附近的上海自行車廠勞動，這個廠是生產永久牌自行車，很有名。工廠有幾個車間，我把班級的學生分到金工、筆尖、油漆、包裝車間，每個學生都有工廠的老師傅帶。有些學生在學校上課不安心，但在工廠勞動很認真，他們不怕髒不怕累，努力向老師傅學習，有的生產數量還超過老師傅。學農，就是到農村去勞動。我記得當時我那個班級是在上海郊區馬陸勞動。

那時農村組織還叫人民公社，所以叫馬陸人民公社（現在叫馬陸鎮政府）。我把班級學生分到幾個農民家裡，農民也很熱情，騰出一間大房間，讓學生睡，學生有專門管伙食的，他們自己買菜自己燒，沒有和農民一起吃，但下田勞動是和農民一起。通過農村勞動，增加了農業知識，也培養了和農民的感情。學軍，是向解放軍學習，有時請部隊的士兵來給學生訓練，有時讓學生「拉練」，就是像部隊士兵一樣，背著背包行軍、長跑。放暑假時，我也經常組織學生搞活動。例如，有個學生平時表現比較差，而他的父親是公交公司一個車隊的領導，我和他商量，在暑假讓全班同學參加義務勞動。他同意了，我在每輛公交車都有一個較好的學生帶一個較差的學生，在車上主要是賣車票或檢查乘客的車票。這個活動，他們很有興趣，大家都很認真。

每年寒假暑假，我也經常組織學生去公園搞活動，我有意培養他們的集體觀念，和維護集體榮譽。學校開運動會或者文藝會演，我都希望他們努力準備，爭取為班級得獎。經過幾年的努力，原來的亂班在畢業前被評為先進班級，我也被評為先進老師。

我後來在學校除了給學生上課以外，又搞行政工作了。因為那時青年團組織還沒有恢復，還按「文化大革命」的叫法「紅團」，有專門的紅團辦公室，實際上就是後來的團委辦公室，原來紅團辦公室的負責人叫左志毅，因為他不是黨員叫我去和他一起負責，主要組織學生做一些宣傳工作。如學校的廣播台，組織學生講新聞，講學校的好人好事，組織通訊員寫稿，講一些小故事，還編一些小節目，使這個廣播台搞得有聲有色。

學校的圖書館在「文化大革命」動亂時，也搞得很亂，圖書遺失也很多，我組織學生用幾天的時間進行整理，重新編號，然後向學生開放，還開闢一間閱覽室，當時很受學生的歡迎，來借書看書的學生很多。學校的宣傳玻璃櫥窗，我經常組織學生更換內容，有時貼一些畫報照片，有時張貼學生作文比賽的好文章，有時貼一些書畫比賽的好作品。我還搞了黑板報比賽，把各班級出的黑板報拿出來展覽，評選畫面、文字、內容最好的。

不久我又調動工作了，因為根據上面的指示，在「五七」幹校勞動過的臨時分配在中學可以重新分配。我們來楊浦中學的原機關幹部五人都重新分配了，我記得有個樓彩娥分在市

我班學生在進行隊列操練

外經貿委辦公室，還有個丁潤齡分在同濟大學當產業管理辦公室副主任，其他三個我就不記得了。當時區領導原來想把我留在區政府工作，這時市里也有調令，要把我調到中國旅行社。我離開這所學校已經有二十多年了，每當我經過這所學校，就會想起當時在這所學校的情景。現在這所學校也大變樣了。前幾年，學校舉行校友會，我教過的學生請我去參加，這些學生早做爸爸媽媽了，他們有的當領導幹部，有的當技術員，各行各業的都有。大家一起回憶當時的情景，幾個過去曾經很頑皮的學生對過去的行為深感內疚，向我表示歉意。我也感到寬慰。我現在也保存當年這些學生和後來參加聚會的照片。

一九八一年國慶日前夕，居住在上海的台胞迎來了可喜的日子——上海市台灣同胞聯誼會成立，這個愛國愛鄉的群眾性組織，把上海的台灣同胞組織起來，聯絡海內外鄉親的感情，促進兩岸的溝通和交流。台胞把宣傳黨的對台政策，促進祖國和平統一，作為自己責無旁貸的職責。我在這期間也經常寫對台廣播稿，還到上海電台用台灣話（閩南話）錄製對台廣播。有一次我到上海電台錄製對台廣播，剛好碰到賈亦斌，賈亦斌以前曾任國民黨政府軍營的高官，一九四九年四月在浙江嘉興起義，那年他是民革上海市委副主任委員，後來調到中央，擔任民革第五至七屆中央副主席、執行局主任，他認識我父親也認識我，那天他正好也在上海電台錄製對台廣播節目。

青年團在文化大革命期間叫「紅團」文化大革命結束後又改共青團，這張照片是委員和幹部一起，我在前排右一。

我在楊浦中學和幾位老師的合影，我在後排左三

初中畢業五十多年後在原教學樓合影

我這些學生長大成人後在一次聚餐時我給他們拍的照片

第六章
在上海中國旅行社工作，接待台灣同胞

一九七八年八月，上級領導對我們分配到學校的機關幹部要重新分配。我因為是台灣籍，會講閩南話（台語），把我分配到上海中國旅行社工作。那個時候大陸的旅遊事業剛剛開始，上海沒有幾家旅行社，而上海中國旅行社是最早成立的旅行社之一，原來叫上海華僑旅行社，是屬於上海僑務辦公室（簡稱僑辦）管的，主要接待海外華僑、華人和旅居海外的台灣同胞。

「上海中國旅行社」在延安中路八八一號，上海展覽中心的正對面。據說這座美麗的別墅始建於一九二七年，原屬於中南銀行創辦人胡筆江的花園大宅。胡筆江上世紀二、三十年代上海著名愛國民族金融家，一九三八年八月二十四日，時任交通銀行董事長、中南銀行總經理的胡筆江受國民政府財政部的邀請，乘桂林號客機到重慶，商量籌款赴美國購買飛機抗日事宜。飛機起飛後，遭遇日寇五架戰鬥機如群狼般圍堵攻擊，在廣東珠江口附近機毀人亡。

胡筆江為國遇難捐軀後，長子胡惠春繼承父業，成為銀行家，繼續居住在延安中路八八一號。一九五〇年，胡惠春移居香港，繼續銀行事業。在香港期間，出于愛國之情，胡惠春等人在香港秘密組織國寶收購小組，由內地出資，大量購買戰亂時流落香港的重要文物，尤其是古籍善本、清宮散佚出的書畫等，運回大陸，有效地阻止祖國的文化遺物外流。現故宮博物院一些珍貴文物就是當時回歸入藏的。

胡惠春出於自身收藏愛好，他十分鍾愛瓷器收藏和鑒賞，其收藏之富和愛國情長，享譽海內外。上世紀五十年代和八十年代，他兩次將三百五十九件陶瓷藏品悉數捐贈給上海博物館，按目前價格，每單件藏品均值幾百萬至幾千萬，所捐文物可說是價值連城。下圖是原來「上海中國旅行社」延安中路八八一號這座美麗的別墅的照片，可惜後

王文娟拿著照相本給大家看

來「上海中國旅行社」搬走了，現在是一家高級會所。

我調去時，旅行社的人還比較少，旅行社的領導有外辦（市外事辦公室）調來的，有僑辦調來的，工作人員都是從各行業調來會講廣東話、閩南話、客家話和講外語的。那時住在上海會講閩南話的人比較少，我去時已經有兩個台灣人在那裡工作，一個叫余德才，是講客家話的，另一個叫郭天順，是講閩南話的，他們也是從別的單位調去不久。他們兩個十幾歲的時候在台灣被迫當兵，派到大陸打仗，後來成了中國人民解放軍，也是幾十年不能回台灣。我以前工作的單位從來沒有碰到台灣人，在旅行社工作能夠碰到同鄉人，感到很親切，所以我和他們特別要好，經常在一起。那個時候來中國大陸旅遊、探親的華僑、華人很多，從東南亞來的比

台灣著名藝人凌峰帶著攝製組來大陸拍攝紀錄片《八千里路雲和月》，在上海著名演員孫道臨、王文娟家採訪

較多，他們大部分是講閩南話和客家話。剛開始散客比較多，後來成團成團地來，我們幾乎送走一個團又來一個團。我們旅行社也不斷地來新人。那時台灣還沒有開放大陸探親旅遊，來得比較多的是居住海外的台灣同胞，我接待比較多的是旅居日本、美國、巴西的台灣同胞。我印象最深的是接待以許溯宇先生為團長的旅日台胞訪問團，我在寫我父親時寫過許先生，他是我父親年輕時在台灣的朋友，他來到上海就要找我父親，他為人親切熱情，我們後來能夠和台灣親人聯繫上，並且能夠去日本會親都是通過他的幫助。他年輕時就去日本經商，娶了日本太太。許先生後來又幾次和他太太來過上海，每次來就帶大包小包送給我們東西。他在泉州有親戚也常常去，還向當地政府捐款造了亭子，當地取名溯宇亭。

我現在還能夠記憶的接待過的團有以東京華僑總會顧問陳明卿為團長的旅日台胞訪問團；有美籍台胞醫生訪華團；以日本大阪華僑總會會長張廖富源為團長的旅日台胞訪華團。我記得張廖富源來上海託我找上海外貿學院的林天章（在上海的台胞），是他的親戚，剛好我也認識，我當天就聯絡到他，讓他們見面。在歡迎會上，我父親也參加，後來張廖富源成了我和父親的好朋友。我還接待過巴西台胞國慶觀禮團、旅美台胞醫生團、旅美台胞作家團。我在接待這些海外台胞團時經常聽他們對我說，他們離開台灣去海外漂泊的艱辛，在海外多麼希望中國強大，不要被外國人看不起，多麼希望祖國早日統一。那時也有從台灣去日本、美國然後輾轉來大陸的，他們因為和親人分離幾十年，思鄉急切，迫不及待來大陸找親人。聽說那個時候這樣偷偷來大陸的人，有的回台灣被台灣當局叫去審查問話，有的還被關。

台灣開放台灣同胞來大陸探親、旅遊是在一九八七年，其實在這之前台灣的旅行社就和我們大陸的旅行社聯繫，並且組團來大陸，我在一九八二年八月就接待過一批台灣經貿考察團，那時就認識台商溫世明、潘菊珍、蕭春億。以後又有好幾批，那個時候都是台灣旅行社安排的從台灣經過第三地（如泰國、菲律賓等）來大陸，他們說這樣來大陸回台灣，台灣當局不會知道，不會找麻煩。那時，說是考察團，其實有些就是來大陸探親和旅遊的。台灣開放台灣同胞來大陸探親旅遊以後，來的人和團就多起來。那時大陸為了吸引台灣同胞來大陸，可以讓台灣同胞進大陸免稅三大件，這樣來的人就更多。我在接待這些台灣同胞時經常看到台灣和大陸親人分離幾十年相聚，互相擁抱，痛哭流涕的動人情景。我是深有體會，我一九八三年去日本和分離幾十年的弟弟、妹妹相見也是這樣。當時大陸電視新聞也經常播放這些親人團聚的動人情景。

一九八七年十二月，台灣著名藝人凌峰帶著攝製組來大陸拍攝紀錄片《八千里路雲和月》，在上海就是我接待，我事先根據要求聯繫安排了在上海著名導演謝晉家，著名演員孫道臨、王文娟家採訪，著名畫家程拾發家採訪，還去上海舞蹈學校、外灘、豫園拍攝。當時中國新聞社也派了記者一起參加，後來發表了文章在海內外引起了轟動。他們攝製組在大陸去了很多地方，拍攝很多內容。聽說後來回到台灣拍的電影紀錄片被查禁，不許放映，經過力爭才允許放映。這部紀錄片在台灣放映以後，使那些以前從大陸去台灣的人更想家，以後來的台灣同胞就越來越多。

有些台胞團包括居住海外的，過去是從大陸、上海出去的，對上海的電影明星比較有興趣，我就安排參觀上海電影製片廠，上海電影製片廠也很配合總是安排著名電影演員出來接待，如張瑞芳、謝晉、王丹鳳等都出來過。

大陸改革開放以後，特別是大陸要加快經濟建設，鼓勵吸引外資，台灣同胞來大陸投資考察的團更多了。例如，一九八九年我接待過由傅貞雄為團長的台灣農機工業同業公會組織的台灣農機考察團，這個團是由台灣農機工業同業公會組織的首次來大陸考察，團長傅貞雄先生是台灣主管農業的官員，退下來後擔任台灣農機工業同業公會的顧問，他也是一家台灣最大的農機公司的總經理，考察團其他成員是台灣幾家大的農機公司董事長、總經理，由上海市外經貿委副主任主持座談，介紹上海投資環境，參加座談的有農業機械工業局的領導，有上海拖拉機汽車聯營公司的領導，有銀行、海關、稅物、律師事務所等方面的同志參加，回答客人們提出的一些問題。又如，我接待以黃衍章為團長的台灣齒輪業考察團，是由台灣區機器工業同業公會組織的。

台灣區機器工業同業公會成立於一九四五年，原為台灣省鐵工業同業公會，一九四八年改組台灣區機器工業同業公會，現有會員一千五百多家，公會下設工具、紡織機械、鑄造業、塑膠橡膠機械、齒輪製造業、模具、木工機械、製鞋機械、食品機械等共十四個專業小組。該團團長黃衍章就是公會的常務監事兼齒輪製造業的負責人。在上海我帶他們參觀上海機床廠、拖拉機齒輪廠、上海重型機床廠。在上海重型機床

陪同旅日台胞李鴻發、施受錫在虹橋開發區參觀考察

廠還舉行「上海與台灣機電行業合作研討會」，參加者有機電局進出口處處長、機械設備進出口公司副總經理、機電齒輪行業各工廠的廠長，會上相互交流，台商具體詢問有關產品的報價，他們認為我方產品質量不錯，價格也便宜，但他們說：「台灣安裝機床要求很高，如果購買大陸的機床安裝不好就不能生產很精密的齒輪產品，所以必須技術人員去台灣指導安裝，但技術人員現在還不能應邀去台灣，所以現在購買上海機床的可能性不大。」有的說：「在上海投資設廠也是今後的目標，因為上海交通方便，勞動力便宜，技術水平高，但目前還有種種原因很難實現。」

我還接待以陳勝治為團長的台灣輪胎業考察團，這個團是由台灣區橡膠工業同業公會組織的。在上海我帶他們參觀大

大阪華僑總會會長張廖富源為團長的旅日台胞訪華團

中華橡膠廠、上海輪胎翻修廠，在大中華橡膠廠舉行了座談，參加的有市化工局副局長、化工局外貿辦負責同志和各橡膠廠的廠長。

該考察團來大陸考察主要目的是想尋求生產輪胎的原料、設備和投資渠道。他們對轎車的子午線輪胎很感興趣。這年我還接待以陳忠和先生為團長的台灣塑膠考察團；以王永進為團長的台胞經貿考察團。一九九〇年我接待過台灣區肥皂清潔劑工業同業公會、台灣區糖果餅乾麵食工業同業公會、台灣區人造奶油工業同業公會聯合組織的大陸考察團，團長台灣區肥皂清潔劑工業同業公會及人造奶油工業同業公會的理事長陳飛龍，他們考察的目的就是實地瞭解大陸相關行業的經貿政策，投資環境及行業、市場狀況。我還接待以劉哲彰為團長的台灣模具業考察團，這個團來上海主要是參觀上海國際模具展覽會，另外根據他們要求安排上海儀錶鋼模廠、電視一廠、上無十八廠和上海模具研究所，還與上海模具公司舉行座談，晚上還出席在華亭賓館的大型招待會，有貿促會會長、經委副主任分別介紹上海投資環境、開發開放浦東的情況並解答客人提出的問題。我還接待以台北染料商業同業公會理事長張文潭為團長的台北染料商業同業公會大陸考察團，以林清吉為團長的台灣木工機械考察團，以台灣橡膠工業同業公會理事長張清元為團長的台灣橡膠業考察團。一九九一年我接待過台灣鋼線鋼纜工業同業公會考察團，海峽兩岸塗料技術交流訪問團，台灣海洋大學教授訪問團，台灣桃園縣投資考察團等。這些都是比較重要的團，一般的台胞團就更多。我們對這些從台灣來的台胞考察團都作為重點團，事先都做了精心的安排。比如，一般我都會安排去市外經貿委會，請有關負責同志介紹上海的投資環境、對台胞投資的優惠條件，去浦東開發區或者漕河涇新興技術開發區，請負責同志介紹開發區的情況，然後根據考察團的行業參觀上海有關工廠，如木工機械行業就安排參觀上海木工機械廠、上海機床廠、上海機械刀片廠；鋼線鋼纜行業安排參觀上海寶鋼廠、上海纜繩廠，對一些綜合性的考察團，我們請上海市工商業聯合會組織有關廠的領導來座談。

有一次在台灣海洋大學教授訪問團中有一人是范增勝先生的老同學，我得知後專門通知上海港務局，范增勝副局長親自出面接待，陪同參觀港務設施並乘遊艇遊覽了黃浦江兩岸美景。有時我還安排已經在上海投資的台資企業介紹他們在上海的投資經過和在上海企業生產狀況。如有一次我安排台灣經貿考察團參觀上海斯米克拉絲有限公司，是生產拉絲模和金鋼鑽的，客人參觀後對來大陸投資有了更深瞭解。當時對台灣來的考察團政府都很重視，上海有關工業局的領導都會安排領導接見或宴請。有時我還作為全陪去外地幾個地方，外地幾個地方更加熱情。例如，有一次去湖南長沙，因為那個地方當時去的台胞考察團還比較少，不但市的領導出面接見宴請，去參觀工廠還有警車開道。又如常熟市，他們請了工商、海關、稅務、銀行的有關同志來座談，回答客人提出的問題。我在接待這些台胞團時都主動介紹我是台灣人，是小時候隨父母離開台灣來大陸上海，他們對我特別親切，問長問短：「你是怎麼過來的？」「台灣還有親人嗎？」「你回過台灣嗎？」有的比較相信我，託我找以前在上海的親戚、朋友，有的表示以後自己來上海就找我。

有重要的台胞團時，我也發通知給市台聯會，因為上海台聯是台灣鄉親在上海的同鄉會組織，是台灣同胞愛國民眾團體。上海的台胞因為有的和我一樣離開台灣幾十年，有的年輕的台胞也想從台灣來的台胞中瞭解台灣的情況。台聯會也很協助和配合，每次接到通知就有會長或者副會長出面迎送，會見或宴請，如郭炤烈、梁泰平、張榮仁、林仁和等都多次出面接待。有時組織在上海的部分台胞和台灣來的台胞座談、聯歡。特別是在座談或聯歡時，彼此顯得很融洽。有時上海台胞業餘小分隊表演家鄉的民族舞蹈，台灣來的客人也會上去和他們翩翩起舞。有時客人遊覽黃浦江台聯會安排幾個台胞一起參加，讓他們有更多的交談機會。通過交談溝通台胞更加瞭解大陸的對台方針政策，更加清楚地看到兩岸交流。

我接待的這些台胞投資考察團，通過參觀考察很多台商對大陸吸引外資的政策，特別是對台商來大陸投資的優惠政策有了進一步瞭解。據我所知，後來，有一些台商就在上海、昆山、蘇州投資設廠，有的在深圳、廣州、東莞投資設廠。前面提到的黃衍章後來陪同王永慶多次來大陸並在各地興辦以石化塑膠為主的企業，卓有建樹。

一九九二年以後，因為我們旅行社不斷有專業學校畢業分配來的或招聘來的人員，我就搞行政管理，直接和台灣旅行社聯繫組團的工作。但我以前接待的台胞團和考察團所認識的台胞，很多來上海要找我。因為從台灣來大陸的台胞很多第一次來因為情況不瞭解，不熟悉，又沒有認識的人，一般都參加旅行團或考察團來，以後他們都喜歡自己來或者約朋友一起來，他們來大陸都找各地的熟人，所以要來上海找我都事先打電話或者發傳真通知我。有的要我訂賓館房間，有的要我訂機票，有的要我陪他去有關單位談投資、談貿易生意。所以我從接待團體比較多變為接待散客比較多。例如，莊石鑒先生是台灣農機工業同業公會的總幹事，又是台灣有名的企業管理顧問，自己有一家企管公司，他第一次隨台灣農機業考察團來上海和我認識，以後來上海還總找我。我曾經陪他去上海企業管理協會談合作，陪他在上海企業管理學校上課。又如，陳南通先生第一次隨台灣模具業考察團來上海和我認識，以後來上海也總找我，他後來在深圳投資設廠，過了兩年又在上海投資設廠。又如，林清吉和林清欽兩兄弟是參加台灣木工機械考察團和我認識，以後來上海，我曾經陪他們去上海木工機械廠談合作，又去浦東尋找批租土地。以後來找我的印象比較深的還有方宏先生，是來談合作開娛樂城的；侯欽仁、蕭存厚先生也是來談娛樂城合作的事；林金貴先生是來談投資設廠的事；連文海先生是來談貿易方面的事；楊德成是來談承包果園的事……黃衍章後來也來上海找過我，他兒子在上海結婚還邀請我參加婚禮。

三年前有個從台灣來的張典婉女士來找我，她是《太平輪一九四九》作者，資深媒體工作者，《聯合報》兩屆報導文學獎得主。她是我的老朋友了，我去台灣時她曾經熱情接待過我。我把她要來上海事先告訴了台聯會，林明月會長親自會見和宴請她。後來她又來過上海多次，她在北京設了辦事處以後，最近又在上海設辦事處，她已經把她的事業和工作中心轉到大陸了。

　上，張典婉女士在我家翻看照片
右下，台灣張典婉女士拜訪市台聯會，林明
　　　月會長會見，左二為張典婉女士
左下，陪同台商陳南通在北京參觀遊覽

上，接待台胞投資考察團組織座談
下，參觀上海電影製片廠攝影棚，王丹鳳出面接待

最近這兩年也有以前認識的台灣旅行社的老闆，他們以前是在台灣組團來大陸，現在隨著兩岸關係的變化，他們也要在台灣安排接待大陸赴台旅行團，他們來上海要我幫忙和上海的幾家旅行社聯繫想爭取更多的大陸赴台旅行團。

前年我台灣的親戚朋友來上海也很多，他們親眼看到上海的巨大變化，特別是參觀了世博會，大家普遍對世博會盛況表示稱讚，感到上海能舉辦規模這麼大的活動很了不起，說明大陸在不斷地發展和進步。

我離開上海中國旅行社有十幾年了，以前接待的台灣同胞成了難忘的回憶，但我相信兩岸同胞的聯繫和溝通還會繼續和發展。目前，我還在協助上海有關單位從事大陸企業家赴台考察的諮詢和兩岸文化交流的工作。我將繼續發揮我的餘熱，以推動兩岸人民共同為國家為民族的興旺發達，為實現中華民族的偉大復興作出貢獻。

我參加黃衍章兒子的婚禮

原上海中國旅行社的老同事聚會

第七章 我在台資企業工作

一九九三年十月台商林金貴先生來找我，說他要在上海投資設廠，想請我去幫忙。林先生是一九九一年參加台灣鋼線鋼纜同業公會大陸考察團來上海認識的，他在台灣的工廠是專門生產床具彈簧和各種鋼線，據說他們公司生產的綱線占全台灣的九〇％他在泰國也有投資設廠。他來找我時已經和上海閔行區七寶鎮一個單位談好合作，投資設廠，專門生產銷售鋼絲、金屬傢俱及相關金屬製品，註冊資本是一百五十萬美元。中方提供場地、廠房，台方提供資金，包括機器設備、材料，由台方經營。我考慮了後覺得這是學習管理的好機會，決定要去。我找我單位（上海中旅社）的領導商量能否辦待退休。領導很支持，同意了。

我去了位於吳寶路這家工廠，一進廠門口左面是長長兩層樓，樓下是辦公用房，樓上是幾間臥房，總經理指著其中的一間說：「這是給你住的。」我從走廊往窗外望去，當中是很大活動場地，兩邊就是車間廠房，後面還有空地。這工廠還算大。不過這廠房顯得比較破舊。

因為我的家離工廠比較遠，總經理要我平時就住在廠裡，每星期六讓我回家。我很快投入工作，當時除總經理以外，就有一個老王、一個小青年和我三人，老王是負責後勤，小青年是負責採購。總經理（後來我們都叫他林總）給我的職務是總經理助理兼辦公室主任（他們都叫我林主任），就是說，總經理不在的時候要我全面負責起來。為了便於工作，總經理向別人介紹時，總說我是他親戚，是從台灣請來的，而且他要我和他談話時用台語說。剛開始，工作是比較緊張的，要裝修廠房，要招聘職工，要驗進口的機器設備原材料，要去買辦公樣品、廚房用具、房間用品，有時要和總經理去幾家台商的單位取經，要去聯繫以後要進的原材料。

通過半年不到的準備，工廠開工生產了，生產車間有二十幾個人，辦公室有七八個人，有負責財務的，有銷售人員。當時主要是生產床墊，生產的流程是：用從台灣進口的鋼絲通過半自動化的機器組成一排一排的彈簧，然後再用粗鋼絲按床墊大小組成框架，接下來送包裝車間，彈簧架上先後要放塑膠網、植物纖維、塑膠泡沫、棉墊，最後包上花布，周圍用手工工具把滾邊帶打成邊框，包上邊角，這樣床墊就做成了。因為剛開始工人不熟練做得比較慢，後來經常給他們培訓，總經理還把台灣的技術人員請來輔導，這樣生產量就上去了。以後又生產床架和沙發。銷售人員也忙著找銷售點，我給他們安排每人負責的區域，抓他們的業績，規定一些獎罰措施。工廠的各種規章制度也制定了，每天早上要員工列隊，有時總經理，有時我向他們訓話，指出前一天好事和壞事，提出這一天的要求。

剛開始林總確實對我很好，不但單獨有一間房間，我的權力也很大，總經理回台灣，都是我說了算。平時吃飯我和總經理以及台灣來的人都是單獨在廚房旁邊的小飯廳吃飯，不和其他員工一起。我每天從早到晚都在工廠忙碌，很少有空餘時間。星期六晚上回家，第二天晚上就趕回廠。剛開始工廠購進一輛「依維柯」麵包車，還專門聘用一位司機，總經理回台灣時，我經常叫司機開著車出外採購或者辦事。總經理在時我經常陪他坐這輛車去拜訪已在上海投資設廠的台資企業，所以也認識了一些台商，如專門生產力國名襪的上海力國針織有限公司總經理王國達，還有上海欽龍金屬製品有限公司總經理張西得等，我們還去參觀專門生產床墊的上海夢鄉床墊有限公司、上海東風沙發廠等。生產床墊需要很多原材料，鋼絲彈簧除了從林總他在台灣的工廠運來，因為運費高也要從大陸進，我們也找了幾家，還找了生產泡綿（海綿）廠家、生產麻布的廠家、生產棉紗繩的廠家、生產花布的廠家、生產塑膠網的廠家等。

我們生產的床墊取名「蒂芬妮」床墊，為了打開知名度，我們請廣告公司拍了廣告，有俄羅斯小姐坐在床墊上的鏡頭，還去電視台聯繫廣告播放時間，我還專門去聯繫公交公司在幾條線路的公交車兩側做廣告。林總經常指派我任務，如要做一些工作服，我找了幾家，最後找了一家「上海申達勞防製衣廠」。我們做了兩種工作服，工人用深灰色，幹部用橘色，做成林總很滿意。還有一次上海舉行傢俱展，林總要我帶人去設展台。林總為了美化工廠，要我找綠化園藝公司，後來選中其中一家，把廠門口兩側都種樹綠化，種上蠟梅、月季花、桂花、金絲桃、美人蕉、羅漢松等花了三萬七千多元。林總還經常要我和銷售業務員查看銷售情況，特別是月底收賬要我和業務員一起去。還有一次按規定床墊要送「上海傢俱質量監督經檢驗站」檢驗，第一次送去不合格，後來做了改進再送去才給合格證書。

由於宣傳廣告，我們銷售量逐步上去了。工廠附近有很多新建的商品房，新搬來的人總到我們廠買床墊。林總也總給他們優惠價。為了讓上海很多傢俱店和大商場進我們的「蒂芬妮」床墊，我們也給他們很大折扣。後來我們的產品不但在本市銷售，也銷售到外地。但銷售外地經常款收不回來，曾經有一次銷售外地的單位找不到了，負責人跑掉了，派人去找也沒找到。為此那個業務員還受到處罰。工廠的管理是繁瑣的，原材料進來要組織員工卸貨清點、領貨要登記，產品出廠要統計。特別是對工人的管理更複雜，大事小事都要管，要給他們辦外地人口居住證、辦勞動證、辦保險，安排睡覺的地方，工人之間吵架了要給他們調解。工人的流動性很大，有的人做了幾個月不做了，我們還得去找人，我曾經幾次去人才市場擺桌子招聘人員。

林總後來也經常從台灣派人來，有負責指導技術的，有負責銷售的，這樣我們就比較輕鬆一些。幾個從台灣來的人因為第一次來上海比較新鮮、好奇，晚上常常出去玩。

幹部還是我一人，好在辦公室樓上有電視機，有報紙。林總為我們訂了一份台灣報紙《中國時報》。有一天也就是一九九六年四月一日我在《中國時報》看到報導，我的外甥女，也就是我小妹的女兒陳曉芬獲得一九九六年環球小姐中華小姐選拔賽冠軍，而在前一年一九九五年她的姐姐陳曉萍也獲得中華小姐的第一名，所以報紙寫道：「陳氏姐妹半年內分別贏得選美後冠，羨煞許多人。」報上還有她們的照片。我馬上用廠裡的電話打電話去台灣，問小妹她怎麼不告訴我們？她說了詳細經過，隨意說：「這沒有什麼了不起。」我回去後把這事告訴家人，大家都為她們感到高興，也祝賀她們。這張報紙我一直保存到現在。

後來，我在這家廠做得越來越不舒服，對林總一些做法感到不滿，我和他漸漸產生矛盾。後來林總把他在台灣的兒子也請來，代替我部分工作，我做了兩年多就辭職了。我辭職以後在家休息了一星期，因為我實在太累了，原來想休息之後就回中旅社去上班。這時我接到另一個台商蔡先生的電話，蔡先生是我進工廠工作不久認識的，他也在上海投資設廠，比林總晚來上海投資設廠。工廠就設在林總工廠的旁邊。他是林總的朋友，但比林先生年輕得多，三十幾歲，後來我知道，他在台灣住的地方離林先生家很近，他父親和林先生從小一起長大。蔡先生來上海投資就是他父親叫他來找林金貴先生。蔡先生的父親在台灣經營尚農產業集團很有名氣。

蔡先生確實很好學，經常來找林先生，所以我才認識他。他投資設的是食品工廠，取名「上海台尚食品有限公司」，生產花生、瓜子、蜜餞、糖果等休閒食品。他為了在上海創業事先去了山東文登、威海、青島、榮城，又去甘肅的蘭州、武威、民勤，再轉向內蒙古、黑龍江乃至東北三省等很多地方搞市場調查。我第一次看到他時，他的工廠還沒有弄好，還沒有開工，他只用兩個月的時間準備，就開工生產了，剛開始只生產鹽酥花生和香酥花生，就憑他們的產品特色和質量保證，很快在上海打開市場，而蔡先生作為總經理每天帶領員工騎著助動車和自行車去開拓市場，經過不懈努力，他們的產品開始嶄露頭角。春節前夕，不少廠家和顧客特意去他們公司的銷售點要買鹽酥花生和香酥花生，有時還會排隊。我因為經常和他有接觸，所以我對他很瞭解，他對我也和客氣、很尊重。我在林先生工廠做時，林先生回台灣，蔡先生工廠要借用電動拖車或者什麼工具，他就來找我，叫我「林主任，能夠借用……」後來他們生產的品種越來越多，規模越來越大。他就想在市區設一個辦公場所，專門搞銷售。

那天蔡先生在電話裡約我在他們剛找好的辦公場所談話。我按他告訴的地址找去，是在武夷路一條弄堂裡有兩間辦公房，這就是蔡先生在市區新找的辦公場所。他對我說：「我們要在這裡設公司的銷售部，在這裡和客戶聯繫比較方便，銷售業務員上下班也方便。我請你在這給你經理的職務，工資待遇和你在床墊廠一樣。」我問他：

「你是否要我每月完成多少銷售指標？」他說：「沒有，你不會有壓力。」

我回家考慮了一下，覺得去那裡每天可以回家，離我家也比較近，最主要蔡先生當時給我的印象很好，我欽佩他。我就同意了。

我開始去那裡上班了。辦公室很簡單，三個辦公桌，一個很長的會議桌，和一個櫥櫃。我去的時候，已經有一個老陳同志是負責材料和統計的，一個小姐是負責財務的，他們各自有辦公桌，有一個空著就是我的。銷售業務員有近十個（後來增加到十二個），他們因為經常往外跑客戶，所以沒有辦公桌。我第一天去上班蔡先生（大家都叫他蔡總）就把我介紹給大家認識，他們後來都叫我林經理。蔡總每天要工廠和這裡兩頭跑，他不在這裡是就交給我管了，我就先向他們瞭解情況，特別是銷售業務員，我一個一個找他們談話，瞭解每人有多少客戶，銷售情況怎麼樣，有什麼問題。

從第二天開始，我每天輪流和一個業務員走訪客戶，一天要走七八家。工廠是生產休閒食品，取名「台尚食品」後來增加很多品種，除各種花生以外有蜜餞，有各色糖果、餅乾、沙琪瑪，那時很多超市，如聯華、華聯、農工商等大的超市都已經進了公司的產品，這些超市下面都有幾十家連鎖店，他們分佈在各區，而我們的業務員在自己管轄的超市都要經常去走訪，看貨架上我們的產品是否放整齊，要和店長商量哪些還要補貨。業務員還要找一些自己區域裡還沒有進公司產品的大賣場、食品店，設法把公司產品介紹進去。後來如捷強、三陽、快樂、百佳、百式等超市都進了台尚食品。每月業務員還要去自己負責的單位結賬一次，設法把該收的錢收回來。這些業務員都很賣力，因為他們的業績都和自己的獎金掛鈎。業務員在外面跑如果發現有新開的商場和超市都會向我彙報，我就和他第二天拿少量的食品去和分管進貨的人談，要談進場費，要談回扣率，談成才能發貨給他們銷售。蔡總他們每天下午四點多從工廠來到辦公室，業務員陸陸續續回來，要填寫進貨單，要在每人的日記本寫彙報（走了哪幾家店，補了多少貨，遇到什麼問題），這些彙報我每天都要看，用紅筆給每人寫評語。有時蔡總也要看，有時他召集開會，佈置任務。有時工廠開發新產品，蔡總會拿一些在開會時分給大家吃，聽取大家意見，然後要業務員拿去各商場和超市去推廣銷售。蔡總很會動腦子，他知道春節大家都愛吃糖果或者買了送人，他要業務員去聯繫地段好的地方、商場的門口擺上設計很美的貨架，分四、五層，每層有幾筒用進口包裝金屬紙覆蓋的塑膠容器裡裝滿各種口味的糖果，使得本來就有著漂亮包裝的糖果更加鮮豔奪目、誘人，路過的人總被吸引，自己挑選喜歡的糖果，按重量給錢，一斤十五元。這種貨架式銷售是一大創新，當時我還負責招聘臨時銷售員，給他們培訓，帶他們去幾個銷售點銷售。這種銷售方法一時在上海很轟動，後來因為影響馬路交通，才改擺在超市、商場裡面。

後來因為客戶越來越多，銷售部的辦公室太小，蔡總在淮安路江寧路的辦公大樓樓上租了三間大房間，我們從武夷路的辦公室搬了過去，三間大房間其中有一間就是會議室，接待客戶，裡面還堆放一些食品樣品。另外兩間就是經理室和財務室。

「台尚食品」很快就在上海打開知名度，以台尚食品獨特的口味和特殊的銷售方法，在上海食品行業嶄露頭角。後來產品不但在上海銷售，還銷售到外地如杭州、無錫、南京、合肥、武漢等地。蔡總也經常去外地考察、查看，一看到有的地方生產的食品不景氣，他就和他們談合作，讓他們的工廠生產台尚食品，這樣不僅救活這家廠，蔡總的營業額又上去了。後來生產規模不斷擴大，台尚食品的品種已達三十多種，銷售量也穩步上升，很多大商場、超市都進了台尚食品。台尚食品的銷售一切走向正常，台尚食品漸漸享有盛名。台尚公司還經常舉行大型慈善捐獻活動，把銷售總額五％捐獻給慈善機構。

二〇〇〇年七月，我結束了台尚公司的工作再回到上海中旅社辦退休。十多年後我和家人去七寶古鎮遊覽，我報著懷舊之感，去工廠門口拍了照片留作紀念。

在台資企業辦公室
一份《中國時報》上看到我的外甥女在台灣獲得中華小姐選拔賽冠軍

環球小姐決選 陳曉芬封后

陳氏姊妹半年內分別贏得選美后冠 羨煞許多人

【記者陳孝凡台北報導】環球小姐一九九六年中華小姐選拔總決賽，三十一日晚上在台北舉行，目前還是專校學生的陳曉芬，以高挑身材與甜美的笑容擄獲評審青睞，贏得后冠，她將代表我國參加五月在南非舉行的環球小姐選美活動。

其餘名次及特別獎項分別為：第二名許芳綺，同時獲最佳服裝獎；第三名連楷蕾，亦得最佳口才獎；第四名許淑華；第五名劉淩蘭，亦為最上鏡頭獎。

第六名有五位，分別為卓致理、鄭丹鳳、廖先希、何珊亭、張郁思。其中，張郁思亦獲最佳人緣獎。另外，最佳面貌獎為彭雅惠，最佳身材獎賴慧如，最受傳媒歡迎獎何婉綺。

昨晚的總決賽係在華衛電視攝影棚展開，計有廿一位初、複賽入圍的小姐參加角逐，評審包括李敖等十二位藝文界人士，依容貌、身材、口才、服裝等項目評分，但為配合電視實況轉播，統計分數的過程顯得倉卒。

獲得第一名的陳曉芬，是去年九月選出的九五年世界中姐第一名陳曉萍的妹妹，現年廿三歲，就讀中國工商專校，身高一七七公分，在所有小姐中顯得特別突出，也是最高的。

第二名的許芳綺現年廿三歲，目前在台北從事美容設計工作，身高一六八公分，體重五十二公斤，三圍卅三、廿五、卅七。她與陳曉芬的分數極為接近，評審之一的前中姐林蘭芷表示，陳係贏在甜美的笑容與落落大方的態度。不過，許芳綺高貴的氣質與儀態，仍贏得最佳服裝的頭銜。

第三名連楷蕾，現年僅十八歲，剛從培德高職畢業，現從事模特兒工作，她長相溫柔婉約，年紀雖輕卻不怯場，機智問答中表現出色獲最佳口才獎。

【記者陳孝凡台北報導】昨晚在選美會場中，最開心的要屬陳曉萍、曉芬兩姊妹了，兩人先後在半年內分別贏得世界、環球中姐后冠，不知羨煞多少人。此次參選，妹妹曉芬得到姊姊最大的幫助，從化妝、造型到服裝，完全由曉萍指導提供，而姊姊叮嚀上台時一定要保持親切笑容，更是贏得后冠的主因。

陳家住在北縣蘆洲，父親從商，除兩姊妹外，還有一位哥哥；三人個子皆高，曉芬還比姊姊高五公分，如今姊妹花艷冠群芳，而哥哥是中正大學政研所的高材生，也難怪在場的母親高興得合不攏嘴。

后冠由姊姊交到妹妹手中，的確是難得的經驗。陳家姊姊表示，現正籌開一家咖啡館，妹妹則仍將繼續完成學業，對於兩頂后冠，兩人異口同聲的說，將以平常心視之，不會忘了本份。

美后姊妹花

獲得一九九六年環球小姐中華小姐選拔冠軍的陳曉芬與九五年選出的中姐第一名陳曉萍為姊妹，獲獎後兩人開心地合影。（圖文．黃玉淇）

1.

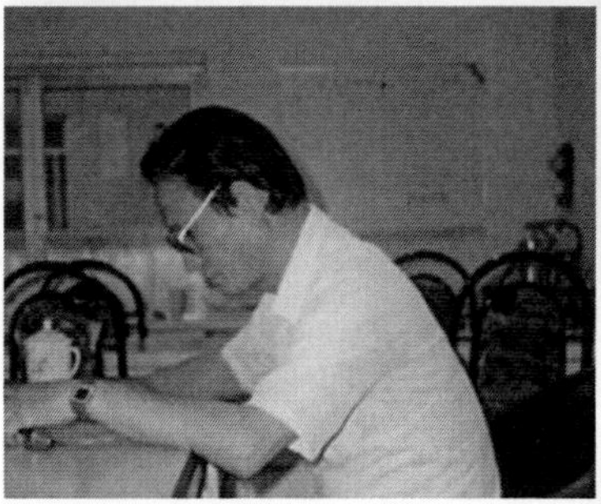

2.

3.

4.

1.我在一家台資企業工作
2.我在台資企業辦公
3.10年後我在以前床墊廠門口
4.10年後我在以前台尚食品廠門口

李鴻發先生為我們舉行歡迎宴

第八章 我在日本見了離散三十多年的小弟和小妹

在寫我父親的生平時我寫道，我們是通過父親的朋友旅日台胞許溯宇先生的努力幫助才和離散三十多年在台灣的小弟和小妹聯繫上的，幾次通過日本互相轉信都渴望見面，那時兩岸還處於敵對狀態想見面確實很難，後來許溯宇先生帶一個日本企業家李鴻發和他的助理施受錫先生來上海，談起讓我們和台灣親人見面的事，商量決定由李鴻發邀請讓我和母親先去日本，然後通知台灣的小弟小妹來日本見面，因為我父親當時有特殊的政治身分怕有麻煩。李鴻發在日本是大企業家，有十幾幢大樓出租，所以有他發出的邀請和擔保，很快簽證就下來了。

我記得是一九八三年一月去日本的，我和母親到了日本，施受錫先生來和許溯宇的夫人「和田」（是日本人）特地在機場接我們，把我們送到神戶，李鴻發先生給我們安排在一幢叫「東和大廈」的大樓十一樓的一個套間。這裡環境非常好，窗外望去可以看到大海，房間居住很舒適，什麼東西都有。李鴻發先生平時工作在不遠一幢叫「日榮大廈」的大樓，所以他的公司叫「日榮企業株式會社」據說公司有幾個股東，所以他們能在大阪、神戶造十幾幢大樓。李先生很快就上來問候我們，並馬上陪我們去醫院看望正在住院的許溯宇先生，他「中風」，鼻子插著管，講話已經不清楚了，但還能認出我們，和我們親切握手。

許先生的夫人是日本人，我母親很早就認識，我母親這個年紀的人在台灣都學過日語，她們用日語親切交談。當晚李鴻發帶我們去一家廣東料理店吃飯，說要給我們「接風」。有許叔母和她的大兒子、施先生夫婦、李先生的小兒子七人一桌。第二天許叔母的大兒子叫許惠宏就開著車來接我們。他的工作就是開計程車的，又去醫院看望許叔，把我們從上海買的東西送給他，叫他安心養病。中午許叔母就在醫院附近請我們吃飯，下午我們還到她兒子許惠宏家看看。九日那天上午十一點半施先生就來接我們，說李鴻發先生的公司要舉行聚餐會請我們一起參加，他們辦了六桌，把我母親和我請到了主桌，我坐在李鴻發旁邊。

他們的員工都很風趣，邊吃邊唱，唱著日本歌，非常熱鬧。餐後李鴻發還帶我們去百貨公司，他知道我們要去長野，那邊天氣很冷，所以一再問我們有什麼需要儘管說，結果還是給我們買了大衣、鞋等東西。我們在這裡等台灣的小弟小妹什麼時候來日本的消息。我們還不斷和住在日本長野的表姐城倉珠美聯繫，她知道我們已到日本也很高興。但台灣的小弟小妹因為要向單位請假來日本的機票還沒有確定。我們只能在房間等電話。同時我也打電話約朋友，想約朋友見面。

先見到的是詹以昌（我父親的朋友，也是老台共）的兒子詹高白，他聽說我們來日本特地來看我們，他從廣州來日本留學，讀化學專業，他白天上課，晚上打工，要做三四個小時，他說：「來這裡真是受洋罪，太累了。」他帶我們去玩，去一幢一零八米高的大樓上面看神戶港、參觀神戶國際港灣博物館。第二天許惠宏又來了說要帶我們去京都，又是他自己開車，先去元離宮二条城，這地方建於一六〇三年，是三代將軍的家，很大的一片，總共有三十三間大房間，入門參觀都要換拖鞋。之後，帶我們去鹿苑寺金閣，這是一座用金子建的屋，建於一三九七年，裡面非常輝煌。最後，帶我們去清水寺，那裡有泉水，據說嚐了這泉水，運氣會好，我們也嚐了幾口。回來惠宏的車帶我們走山路，先過嵐山又過六甲山，從山上看下去，景色一覽無遺，特別是六甲山看下去一邊是大阪一邊是神戶，神戶的人工島也相當清楚。

我約了劉瑞麟夫婦，劉瑞麟是我接待旅日台胞訪問團認識的，那天他們先帶我們去商店買爸爸要的藥，中午請我們吃飯，劉太太和我聊起她以前在台灣也是讀「日新公學校」，雖然不是同一屆的但也一起回憶學校的情景。他們下午還帶我們去洗溫泉，晚上還帶我們去人工島最新的大樓，有三十一層，據說國際博覽會經常在這裡舉行，我們乘觀光電梯到三十樓就看到外面的夜景，在三十樓的酒吧在樂隊的音樂伴奏下欣賞神戶的夜景，真是心曠神怡。

第二天許惠宏帶著他的朋友來說要帶我們一起去奈良。從神戶到奈良開車要一個多小時。到了那先去看東大寺，走的街上有很多鹿，牠們對路過的人都很友好，很多人都喜歡和鹿拍照片，當然我也拍了。我們又去看奈良大佛，它高十四點九米，面長三點二米，眼睛一點一八米，鼻高零點四九米，身高二點五八米，據說是日本第一的大佛。這天一月十五日是日本的成人節，就是人到二十歲要向父母表示感謝，所以這天全日本放假兩天，女孩到二十歲要穿和服，奈良這天特別熱鬧，我們也看到很多女孩穿著和服。下午，車子把我們送到大阪，因為這天晚上李鴻發要宴請中國駐大阪領事館領事郭平坦（我父親認識），因為他就要離任回國，所以李先生要我們也參加。郭平坦很隨和，講了他在日本的情況，又講了以前幾次在北京見到我父親的情況。

我又約好蔡宗傑見面，蔡宗傑是大阪華僑總會的副會長，他也曾經作為旅日台胞訪問團團長，我在上海認識。那天他十點多鐘來先帶我們去一家台灣料理店吃魚丸湯和炒米粉，然後帶我們去須磨浦山上遊覽，是在神戶的西面，我們是坐電車去的，然後坐吊纜車上去，從上面看神戶海港又是另一種景色。回來時蔡先生熱情地請我們去他家。蔡先生的太太也是熱情好客的人，知道我們這次來日本主要是和離散三十多年的骨肉見到面，她高興地說：「能夠見面太好了，你們真不容易。」他們留我們在家吃晚飯，蔡太太做的幾道台灣菜都很好吃。

第二天我們要去東京，因為我們得知台灣的小弟和小妹二十日要乘飛機到日本東京，我們要提前到東京，我們提前和住在東京的葉仁義聯繫。葉仁義是葉仁壽的弟弟，以前也住在上海，和我父母都是好朋友，他和太太結婚時我父母都去參加，「文化大革命」時他們就去日本定居了。他們知道我們到日本也很高興，要我們在他們家住兩天。李鴻發知道後，為我們買了去東京新幹線的車票，這天一早李先生和施先生都來送。新幹線火車確實快，九點零四分出發，開到東京時是十二點三十二分，車速一百六十至一百八十公里。到了東京是葉太太來接，因為事先講好車次和車號，她已經在車門口等。葉太太帶著我們乘計程車到她家。下午葉先生在公司工作下班回到家就請我們到外面吃飯。

在東京我們還約了陳坤榮先生，他幾次來過上海，是做生意的，我和他也很熟。我打電話告訴他我們住的地址，他和他太太就找來了，我們談了一會就要請我們去吃飯，請葉太太也一起去，葉太太就開著車到新宿區地球飯店，新宿區很熱鬧有很多劇場、歌廳、飯店，據說一直到天亮都很熱鬧，飯後陳坤榮先生又領我們去他家，他家很大，有好幾間，又有花園，上面幾間是租給別人的。這天晚上我們還約蔡子民見面，蔡子民也是我父親的朋友，他也是「二二八」事件後到香港，在香港認識。他是中國駐日本大使館文化參贊，他很忙，我們晚七點半到大使館等了一會他才回來，他和我們談了一個多小時，還帶我們參觀大使館的院子、會客廳、電影放映室，因為他知道我們第二天要去機場接台灣的親人，就沒有多留。（蔡子民回國後曾經擔任台盟總部主席、名譽主席、全國政協常委。）

台灣終於有消息了，台灣的小弟小妹和我的舅舅、姑姑四人要到日本了，因為我舅舅會日語，他在台灣也一直思念著我們。那天我和母親做好了準備，帶好行李，十一點多葉太太就開車送我們去羽田機場，在機場吃午飯。這時表姐和她媳婦開著麵包車從長野也到了機場，我母親介紹他們認識，然後葉太太對我母親和我說：「你們就不要去裡面接，在她車上等，因為日本有親台灣分子，台灣特務可能會拍照，如果台灣的小弟小妹被拍到，他們回去會有麻煩。」

我們在機場等了半個多小時，我從麵包車視窗望去，我姑姑、舅舅、我小弟、小妹在葉

我們在表姐家門口，有表姐、表姐夫、和她兒媳婦

太太帶領下遠遠走來，我和他們雖然已有三十多年沒有見面，但從日本轉來的照片似乎已認出，打開車門口，第一個上車的小妹看到母親就抱著痛哭，我們也互相擁抱著，於是彼此談起思念之情。我們稍作休息後就和葉太太分手，麵包車就把我們送到長野，表姐住在長野縣伊那市郊外，一幢日本式的小別墅。

到了那，她們一家大小都在門口迎接。進了她家她領著我們介紹各房間設備，表姐給我們安排男的集中睡靠右的那間，女的睡靠左的那間，當中那間作為客廳和吃飯，他們都住樓上。聽她說年輕時跟著丈夫剛到日本很苦。我這個表姐不是姑媽（七姑）親生的，是我三伯的女兒，因為姑媽沒有生孩子就過繼給了她，姑媽那時

許溯宇的兒子帶我去山上遊覽

又到大陸做生意，有一次帶著女孩去廈門，女孩就跟一個日本人好上了，日本投降後，很多日本人都回日本，那個日本人就把女孩，也就是我的表姐帶去日本，我表姐也沒有想到去了日本那麼遠，那麼偏僻的地方，住的很簡陋的房子，他們開始種田、種菜，有點收入買了一頭乳牛，然後生了小乳牛，逐步成了乳牛場，生活才漸漸富裕起來。

她的兒子長大後因為搞建築，生活更加好起來，現在住的地方就是他兒子蓋的，以前這裡很荒涼，後來居住這裡的人慢慢也都蓋起類似這種小別墅，很多都是她兒子的工程隊造的，所以他兒子很忙，我們去的時候他經常不在家。那天天氣很冷，因為是一月的天氣，外面已下了雪，但我

李鴻發先生坐在我旁邊

們大家的心是熱的，加上房間都有暖氣，都不感到冷。那晚我們都聊得很晚，小弟是林志明，我們叫他「阿明」，小妹是林奕珍，我們叫她「阿珍」，他們不停地傾訴，阿明說：「小時候我們不懂事，看到別家的孩子都有爸爸媽媽，都有父母的疼愛，我們怎麼沒有，我們住在二伯家，二伯母經常讓我們幹最苦最累的活，還經常打我們，鄰居的孩子也經常欺負我們。」阿珍也說：「我女孩子更被人瞧不起，要給他們洗衣服，男孩子還經常調戲我……」特別是舅舅、阿明和我睡在一個房間，我們聊到深夜，我們從在台灣小時候一直聊到後來各自的生活。舅舅問得最多，問：「當初你們在香港，怎麼會去大陸？」「你們在大陸受過苦嗎？」「『文化大革命』是怎麼一回事？」我都逐一作了解答。他還以為父親做了高官，薪水一定很高，生活一定很富裕。我說：「父親不是做了高官，他只是在上海一個民主黨派組織做負責人，薪水也不高。」三十多年沒有見面，真有說不盡的話。

第二天我們走出門，外面白茫茫的一片，昨晚下了一晚的雪，到處都是白皚皚的，這美麗的雪景似乎在歡迎我們這些遠方來的客人，我們都用照相機拍下著美麗的景色。以後的幾天表姐他們家人都陪我們在附近遊覽，到山上、到動物園、到市區購物，他們還帶我們去吃日本料理。

因為小弟和小妹只請一星期的假，我們還要到日本其他城市遊覽，所以在表姐家住了一週就離開了，我們先到名古屋，我事先打電話約了名古屋華僑總會的會長張廖富南（張廖富源的弟弟），他也熱情接待我們，還親自帶我們去遊覽名古屋古城等一些旅遊景點。我們回到神戶「東和大廈」的大樓十一樓那一套房間，休息一會舅舅和小弟小妹就要趕去大阪飛機場，我母親和我也送他們到飛機場。離別時我們依依不捨，分手時我們互相祝福，盼望不久再有團聚的一天。

送走台灣親人後我又約了幾個朋友，約陳勸榮先生，他是搞建築業的，他帶我們去滋賀這個地方看他的建造的產業。還有洪維成先生，他在日本是天津栗子的總經銷，他也陪我們玩了兩天。神戶還有個曾盛茂，他在日本是搞旅遊業的，和我是同行，曾經常帶團來上海，他帶我們去他公司，聊了很多旅遊的話題。我們還去拜訪我父親的朋友，有吳允泰、林天民、陳金財等，因為都是台灣人見了面都很親切，我和他們見面主要是聯絡感情，也為可能父親以後要去日本鋪路打好基礎。

因為我在單位是請了探親假，還有幾天，李鴻發很客氣，指派施先生帶我們去各城市遊覽，有大阪、廣島等，施先生先帶我們去大阪遊覽，大阪也有幾幢李鴻發他們公司建的大樓出租，因為他們造的大樓地段都很好，所以來租的都是大公司、大企業和部門單位。其中有一幢是台灣「亞東關係協會」在大阪的辦事處，租了其中的一層，因為台灣與日本「斷交」以後，雙方基於互有需求的考慮，台灣與日本保持著「非官方外交」關係。在政治方面，台灣當局與日本為持續保持雙方非官方的聯繫，於一九七二年十二月互在對方建立機構，即日本成立「交流協會」，台灣成立「亞東關係協會」，以作為「彼此溝通的管道」。所以台灣「亞東關係協會」則在東京、大阪、福岡設有辦事處。我特別好奇，施先生就帶我上去看了一眼。

我們還去見了大阪華僑總會會長張廖富源，我們剛到日本時和他聯繫過，他不在日本，後來他打電話約我們見面，我們直接到他開的江滋貿易行。他見到我們也很高興，請我們在附近的新北京飯店吃飯。他很健談，那年他六十四歲，在日本四十多年了。

他說起一九六九年他組織第一個旅日台胞團訪問中國，日本政府不同意，他努力爭取，後來去了回來後，日本政府又找麻煩，要扣留他們，他又以理抗爭說：「中國人為什麼不能去中國，難道在中國的日本人不能來日本嗎？」後來總算沒事。他很敢提意見，如他第一次帶團去了北京參觀人民大會堂，在台灣廳看到一幅畫，畫的都是高山族人，他就提出台灣九十八％是漢族，高山族怎麼能代表台灣呢？據說後來才換日月潭和阿里山的風景畫。他還對我們說：「我們在這裡做華僑工作、做祖國統一工作很不容易，他常常介紹一些人去大陸做生意，為他們出路費，但他們到那兒雖然表面歡迎，但過後就忘記了，不給貨源。」他還說：「他常常派一些技術人員去大陸，帶去新技術，想改變農產品，但有關方面不理解，一些意見總不能馬上採納，拖拉得很。」他還告訴我們，他也介紹一些在台灣的人去大陸做生意，這工作總是偷偷的，怕被台灣特務知道，常常託人向他們約好在某家餐館的角落，講好時間，然後去和他們仔細說，他只是想溝通台灣和大陸的聯繫。張廖富源先生開的江滋貿易行也是做中國生意的，有雲南的大理石和各地農產品、雜貨。他那層樓有四樓，樓下就賣雜貨，二樓是他兒子開的針灸診所。

一個星期天施先生先帶我們去廣島，廣島是一九四五年八月六日美國向日本投一顆原子彈的地方，當時死傷十四萬人。後來廣島重建，只留當時被炸一座建築物作為紀念，以對下一代進行教育。我們參觀了平和資料館（日本字平和就是和平的意思）、兩個公園、廣島港口並乘船遊覽宮島。

從廣島回來以後，許太太來電話，說許先生在台灣的女兒來日本要看她父親。她女兒叫許慧英，是許先生和在台灣的太太叫阿彩生的，原來許先生結過兩次婚，第一次在台灣結婚生下許慧英後就去日本北海道做人參生意，才認識和田，不久就同居，後來許回台灣但兩人感情已經不好，這時和田來信說懷孕了，他要去日本。阿彩說：「隨便你，要她要我隨你挑。」許先生說：「兩個都要。」就去日本了。但許不能把和田帶回台灣，因為這時在台灣的日本人當局都要抓。而阿彩年輕時曾經參加文化協會，她也東躲西藏，她一直沒有身分證，不過她對人很好，很有同情心，所以一直沒有人告發她。她很有氣量，對許先生一直沒有怨言，阿彩對許先生還是很好。許慧英兩次來過日本，這次是第三次。那天我母親留她住了一夜，我和她談了很多話題，她介紹了台灣一些情況，她說：「蔣經國不像他父親那樣專制，他當了總統後能深入民眾，和百姓一起吃飯，民眾給他的信都要親自看，是他進行了台灣的十大建設，他又起用台灣本地人，所以台灣百姓擁護他，政權也得到鞏固，雖然元老派很恨他，也沒辦法。」她還說：「現在台灣貪官汙吏很多，如要開一條新路，徵用一片土地，總是市長、部長先知道，他可以自己不出面，事先用低的價錢買下附近的土地，後來馬路造好了，兩邊要造大樓，

瑞麟夫婦帶我母親和我到 30 層樓高的茶室喝茶

地價高了很多，原來買主賣出土地，賺了好幾倍，有些官員又從開發商拿了很多錢。」「不過現在當官的也怕老百姓，如最近三重市政府要開一條河，百姓遊行、抗議、靜坐，不讓汽車通過，雖然警察趕來，但他們不敢動武，因為上面有規定，怕動武會激化矛盾，警察只好被百姓打，後來警察用水龍頭把群眾沖散。後來那條河還是沒有開成。」我們談了很晚才睡。

以後幾天幾個見過面的朋友又約我們，如蔡太太帶我們到寶塚去看歌舞表演，這場表演太精彩了，我那時還從來沒有看到過這麼精彩的演出(當然後來上海也有了)。

還有劉太太也來電話要我們去她家。下午五點不到劉先生就開著車來接我們，過了半個多小時就到了，他們家在山坡上，那一帶都是高級住宅區，是兩層樓的別墅，有好幾間，還有很大的院子。劉先生有三個女兒一個兒子，最近一個考取大學，一個考取高中。劉太太先讓我們吃他做的點心，聊了一會兒就帶我們去附近的牡丹園進晚餐。

我們要回上海的日期定了，這時李鴻發來和我們說，要在二月二十七日以我們的名義宴請曾經招待過我們的朋友，我說：「不必了。」李先生說：「你們臨走前要辭別答謝，這才不會失禮。」我們只能同意，那天來了好多人，除李先生、施先生夫婦，有許伯母和許慧英，有蔡先生夫婦、劉先生夫婦、陳先生夫婦……

我們在日本期間一切都很順利，沒有遇到什麼麻煩，所以過了兩年李鴻發按原來的約定邀請我父親和母親去日本（因為考慮到我父親年紀大讓我母親陪他去），台灣的小弟和小妹主要也是想親眼看看父親，所以也再次去日本。

他們在日本相見的情況在寫我父親時已介紹過了，我在日本見過的朋友，我父親他們去了也都見了，而且更隆重更熱烈，這裡不重複了。日本之行，給我留下美好的回憶。我真的非常感謝在日本的這些朋友，他們不但圓了我們和台灣親人見面的夢，還交了那麼多朋友，他們真是大恩大德，可是我一直沒有機會報答他們。有的今天可能已經不在世了，我寫這些、回憶這些，也是希望他們的下一代能看到，我能有機會報答他們。

大阪華僑總會會長張廖富源招待我們

劉瑞麟夫婦招待我們

通過日本轉寄來的照片，當中是我的三伯父，後排是我的小弟林志明，前排小孩是林志明的兒子林克衡

通過日本轉寄來的我小妹林奕珍一家的照片

1.

2.
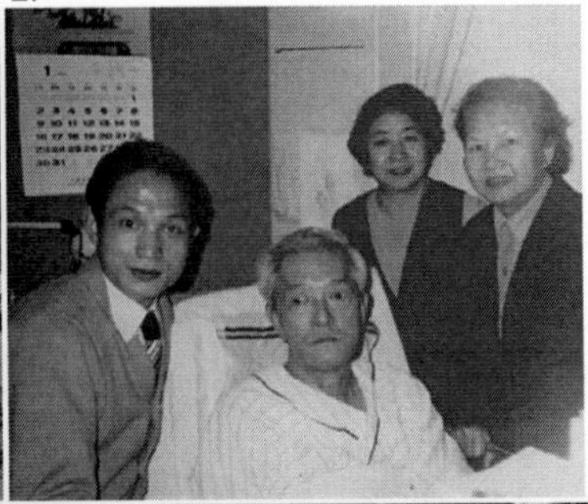

3.

4.

5.

1.天津台胞詹以昌的兒子詹高白在日本留學聞訊來我住的房間看望
2.我去醫院探望許溯宇先生
3.我和旅日台胞劉瑞麟夫婦在一起
4.張廖富南帶我們遊覽名古屋古城
5.神戶吳允泰、林天民在飯店請我們吃飯

1.

3.

2.

1.在神戶蔡宗傑帶我到電視塔上觀景
2.我到日本神戶住在李鴻發給安排的房間
3.表姐住在日本長野縣伊那市，我們和姑媽在一起

第九章
我太太和她北京的家人

我的太太李壽青是北京人，一九四四年四月生，從小喜愛舞蹈，十二歲考進北京舞蹈學校，讀了七年，一九六三年畢業分配到上海歌劇舞劇院（現是上海歌劇院），她家裡人都在北京。因為那時學校畢業都是國家統一分配，如果不服從分配，就沒有工作，如果分配到小城市也必須去，如我妹妹，家裡人都上海，她在上海戲劇學院畢業卻分配在北京（後來在學校畢業的人，國家都不管分配）。一九六三年上海還很落後，沒有像現在那樣繁華，我妻子對我說：「剛到上海很不習慣，住在單位宿舍，冬天冷得很，因為上海不像北京那樣冬天有供暖，屋裡都有暖氣，在上海沒有暖氣，那時也沒有空調，宿舍很破舊，練功房也很簡陋，冬天只有煤爐供暖。」她沒有想到大上海會那樣破舊，她各方面都不習慣，氣候不習慣，生活也不習慣，冬天手腳要生凍瘡，夏天因為潮濕身上要生痱子。吃也不習慣，上海喜歡吃甜不喜歡吃辣，而北方人喜歡吃辣。她那時才十九歲，一直想回北京。但因為她喜歡舞蹈，所以還是每天去練功、排舞，漸漸她開始習慣了。由於她刻苦努力很快就參加了幾部舞劇的演出，如《小刀會》、《寶蓮燈》在人民大舞台演出數十場，《椰林怒火》在文化廣場演了上百場。那時如果春節期間有演出她也不能回北京和家裡人團聚過年，沒有演出的人可以回家過年，她因為演出晚上經常一人在宿舍，有時住上海的朋友邀請才去他們家過年。

我太太李壽青的父親李薈亭先生曾於上世紀三十年代留學日本東京明治大學，是一位精通中國古典詩詞和掌握數國外語的高級知識分子。李薈亭先生的夫人邵秀慧女士出身於書香門第，是典型的賢妻良母，共生育八個子女，四個男孩，四個女孩。四個哥哥都是大學畢業生，大哥畢業於北京地質學院，是一名有貢獻的地質學家，出版過專著；二哥畢業於北京大學，曾任河北省圖書館館長；三哥畢業於北京大學，是一名建築工程師，曾經在中國援建伊拉克重點工程建設中擔任專家長達四年之久；四哥畢業於中國科技大學，是一名高級工程師；大姐和四妹都是外語教師；二姐是化工產品檢驗員。我太太李壽青，她為人聰慧熱情，她對舞蹈藝術事業執著追求的精神廣受同仁的好評，大陸改革開放以後，李壽青的舞蹈藝術活動更為活躍，先後參加了歌劇《秦王李世民》、舞劇《小刀會》、《寶蓮燈》、《大禹的傳說》、《奔月》及芭蕾舞《紅色娘子軍》等的演出。由她自編自演的反映台灣同胞嚮往大陸的舞蹈《嚮往》曾榮獲舞蹈創作獎。還經常演出《春江花夜夜》、《拍球舞》，和雙人舞《長稠舞》、《搶扁擔》及小舞蹈《插秧舞》、《喜送糧》、《織網舞》、《飛天》、《阿妹上大學》、《葡萄熟了》等，她自編自演的《傣族舞》、《蒙古舞》等也廣受歡迎。

改革開放以後，國家允許私人開公司、經商做生意、組織演藝隊、舞蹈隊，李壽青有關部門申請執照、演出證，自己組織舞蹈隊、模特隊，她向社會招聘女青年，然後按舞蹈隊員的要求給她們訓練形體基本功，給她們編排舞蹈。她的努力也得到很多人的支持和幫助，有個台商叫黃順勝先生得知她要組織模特隊非常關心，得知要做服裝缺少資金，給予資助。上海中山公園裡面有個高爾夫練習場，老闆毛經理免費提供排練場所。她為隊員編排了一些舞蹈如「手鼓舞」、「清朝仕女舞」、「草裙舞」、「手杖舞」「爵士舞」、「西班牙卡門舞」等這些舞蹈節目在展示東方少女風采的同時，又融匯了歐美不同舞蹈風格，很受觀眾歡迎。

李壽青領導的模特隊曾經在上海舉辦的時裝舞蹈隊比賽得了優秀演出獎。一九九八年在上海參加的中日文化交流「未來之星」模特競技大賽中他們也得了表演獎。還先後在上海舉辦的「桃花節」、「啤酒節」展示風采。還有一些知名廠商如「一九九七台灣米吉服飾表演」、「摩托邏

在台北國家音樂廳，卞祖善與夫人與我台灣弟弟、妹妹、妹夫一起

拉」、「飛利浦家電公司」、「TCL手機」、「霞飛化妝品展示會」、「鴻安羊絨展士會」、「香港嘉實多機油展覽示會」、「法國邏格郎新產品展示會」等都要她派出禮儀小姐。李壽青曾率領該隊赴杭州、紹興、北京、南通、天津、南京、四川宜賓、浙江諸暨……，特別是一次在南京演出，電視台的記者攝影來到後台採訪他們，並稱讚他們演出很獨特、優美。

由李壽青編導的舞蹈節目，先後得過上海金融界的演出比賽二等獎，上海市老年大學模特隊參加的全亞洲模特大賽一等獎。她還經常應邀出任舞蹈比賽的評委。她的這些藝術活動，我都給予支持和協助，和她同甘共苦，與她一起承擔創業的艱辛，分享成功的喜悅。

李壽青的妹夫卞祖善是享譽海內外的指揮家，一九九二年隨大陸中央芭蕾舞團赴台演出卞祖善擔任指揮，結交了不少台灣政界、企業界、文藝界和新聞界的朋友。二〇一二年先後應台北

在南京一次演出後，電視台來後台採訪拍攝。

市立國樂團和台北愛樂青年管弦樂團之邀，在台灣舉行音樂會，很受歡迎。特別是去年他去年十一月二十日被邀請去台灣在台北國家音樂廳為台北愛樂青年管弦樂團指揮「米亞斯科夫斯基第二十七號交響曲」，他夫人也陪他一起去，他們事先通知我台灣的弟弟妹妹，他們也特地去觀看演出，演出結束後還一起拍了照片。卞祖善的許多朋友如顏德松、蘇建銘、許添進、張典婉等都去看演出，他們極為讚賞，他的一位朋友說：「這台節目太好了，樂隊在你的指揮下美妙動聽，是一次很好的藝術享受。」

去年我和妻子又去了北京，我約了在北京的妹妹和妹夫以及我妻子的大姐、二姐和她妹妹、妹夫卞祖善、大姐的女兒蔣瑛……十幾個一起聚餐，大家互相交談，其樂融融。

我妻子的北京親戚還有幾個也從事文藝，她大姐的女兒蔣瑛，是首都師範大學音樂學院鋼琴系導師，曾經在「第六屆全國合唱比賽」中榮獲最佳鋼琴伴奏獎。二〇〇七年十一月獲「珠江杯」全國高校音樂教育專業鋼琴教師演奏演奏與交流活動——四手聯彈A組一等獎；二〇〇八年九月，北京市第九屆「希望杯」青少年兒童鋼琴比賽獲優秀指導教師獎；二〇〇八年十月，榮獲首都師範大學頒發的二〇〇七年首都師範大學「科研成果獎」及優秀人才表彰；二〇〇九年五月，二〇〇九北京鋼琴音樂節獲優秀指導教師獎。她在有關期刊也發表一些論文，如《人民音樂》「伴著和聲遠去」和「高師鋼琴即興伴奏學習策略淺析」；《鋼琴藝術》「美好的季節、美妙的音樂節」等。她曾經受中央電視台之邀，參加銀河藝術團巡歐演出，在奧地利、德國等地演出十二餘場；她也曾受台灣一家單位的邀請，帶北京少兒合唱團去台灣演出，她擔任鋼琴伴奏。她兩次應美國電視台之邀赴美慘加文化交流活動。今天三月初她又要作為訪問學者應邀去美國半年。

還有我太太二哥的女兒女婿，從小喜歡京劇，後來在保定市京劇團擔任主要演員，他們兩人曾經代表京劇團參加河北省戲曲比賽獲得一等獎。她女婿叫馬永祥，馬永祥後來離開京劇團，現在是保定軍校紀念館的館長。

提起馬永祥很多在台灣的原國民黨將領及家屬子女可能知道，保定軍校紀念館館長馬永祥告訴我，每年都有很多在台灣的原國民黨將領或其子女去保定軍校紀念館參觀，如郝柏村、陳誠將軍之子陳履安、台灣王鶴樓將軍及家人、台灣趙本立將軍、台灣馬法五將軍之子馬錫珩等。馬永祥館長也幾次被邀請去台灣去拜會台灣一些老將領或其後人，他在台灣收集了很多資料回來出了很多書如《保定軍校千名將領錄》、《保定軍校抗日將領英烈傳》、《浩然正氣鑄軍魂保定軍校革命烈士》等，最近他又出了《保定軍校師生故事選》，這些書在台灣也很暢銷。馬永祥也被台灣很多人所熟知。這也說明現在兩岸交流越來越頻繁。我也去過保定，馬永祥詳細為我介紹展覽館的內容。

上，婚紗用品展
下，我和妻子北京的家人

上，李壽青和上海老年大學模特隊
下，李壽青和她組織帶隊的模特隊

著名指揮家卞祖善

上，舞劇《秦王李世民》
下，在南京一次演出後，電視台來後台採訪拍攝。

上，李壽青表演的雙人舞劇《大禹的傳說》
下，李壽青在上海老年大學模特隊編排舞蹈後所拍

第十章　我終於能夠去我的故鄉台灣，兩岸同胞終於能夠互相往來

我父親去世以後骨灰葬在台灣，我母親和我們兄弟姐妹都想去看看，可是由於台灣當局的限制好多年不能去。後來台灣當局允許與台灣居民有直系親屬的大陸居民可以去台灣探親，我台灣的小弟和小妹馬上為我母親辦探親，所以我母親於一九九〇年先去台灣。在台灣很多親戚很高興很歡迎，但他們也問：「怎麼四個孩子沒有來？」後來他們知道是台灣有關條例規定，他們也認為太不應該了。為了使我們兄弟姐妹也能去台灣，大家要我母親在台灣辦定居。辦定居又遇到很多麻煩，因為原來我們住在台灣時的戶政資料早已被登記為「死亡」。據說以前我小弟、小妹很小，當地查戶口的查不到父母和我們四個兄弟姐妹的下落，都寫上「死亡」。為了除去該登記按照程序先要請律師，收集相關檔資料，要把我小弟和小妹作為被告上法庭，還要有證明人。還好我的小弟和小妹還有一些親戚都很支持，這樣折騰了幾天，我母親的「死亡」登記才被改過來，我母親也提出能否其他人也都改，他們說不行，因為他們不在台灣，無法證明。我們很多親

戚也為我們打抱不平，認為太不合理了。我母親起先也不願意辦定居，為了我們兄弟姐妹也能去台灣無奈地辦了。

第二年，按台灣當局的規定，如果母親病重在大陸直系親屬可以去台灣探病，台灣的親戚就找了認識的醫生為我母親開了病重的證明，這樣我們兄弟姐妹四人在一九九二年十月才去了台灣。到了台灣我們的心情是非常激動的，離開台灣四十二年後終於回到家鄉，我感慨萬千，我真想親一親故鄉的土地。我們先住在小妹家，我小妹林奕珍住在蘆州，我小弟林志明住在三重埔，後來也住過舅舅家，也住過堂弟的家，台灣很多親戚都要和我們見面，紛紛相約，我們也分別去拜訪。當然我們首先重要的是去看父親的墓地，由小弟開車帶我們去，墓地的位置確實很好面向大海，我無限深情地凝著大海和墓地，

兄弟姐妹第一次去台灣和母親、小弟、小妹、小妹夫一起（在小妹家）

潘欽信的夫人潘廖盆與在台灣的小弟林志明

我激動得熱淚盈眶，父親是一九四七年離開台灣的，在有生之年再也沒有機會回台灣，直到去世之後才由小弟把骨灰帶到台灣，在這裡安葬。我跪在地上說：「爸爸，我回來了，回到您日夜思念的故鄉，我們來看您啦。」我們燒香祭拜，祝他安息。

我和小弟、小妹他們每天有說不完的話，大家都一起回憶過去，他們還拿出他們各自的老照片，有他們小時候的，有小弟第一次接到我的信在讀信，有他帶著兒子女兒，分別帶我們去父親小時候住過的地方三重埔六張莊，我祖母、外婆住過的地方，我小時候住過的地方，還有我小時候讀小學的「日新公學校」，我小時候經常去的「圓環」。

「圓環」我記得是很熱鬧的，賣各種小商品、各種小吃食品，可以聽到各種叫賣聲，我去時已經不那麼熱鬧了。我一些親戚分別帶我們去各地遊覽，我舅舅、舅媽帶我們去九份仔

——金瓜石，又去了基隆——皇帝殿、和平公園等地。舅舅很喜歡拍照，每次帶我們出去玩總帶照相機，他拍後在家還會刻錄光碟，配上文字和音樂，他給了我一盤，我一直保存到現在；堂弟林宏吉帶我們去遊覽太魯閣。太魯閣風景區層巒疊嶂，溪泉縱錯，大理岩層經立霧溪長期侵蝕，形成垂直陡峭的峽谷景觀，這裡高山、峽谷、斷崖、瀑布等美景眾多，地形富於變化，太魯閣峽谷便是其中一個世所罕見的地形景觀，我們在這渾厚雄偉的景光拍了很多照片。堂弟林增茂帶我們去野柳，野柳風景區，是奇岩世界奇觀之一，因波浪侵蝕，岩石風化，地殼運動等地質作用導致形成罕見的地形，如馳名中外的女王頭、仙女鞋……。在台灣我還見到很多親戚朋友，見到他們，我都感到格外親切，不斷同他們擁抱、握手。他們也都很想瞭解大陸的生活情況，我把大陸三十年改革開放的進步，以及生活水平提高的情況講給他們聽。

還有個是我父親嫂嫂的女兒，我們叫她「周大姐」。她的丈夫是退伍軍人，所以認識台灣一些軍政人員，她性格豪爽，經常請我們到她家，有時到她女兒的飯店吃飯，她通過關係找到朋友開著車從北到南玩過台中、雲林、台南、高雄、墾丁等地，懇丁是台灣最尾端鵝鑾鼻燈塔、欣賞太平洋、巴士海峽、台灣海峽三峽交會的地方，這裡也是台灣有名的旅遊勝地。我們每到一個地方都有周大姐的朋友招待。晚上周大姐的朋友招待我們有時住酒店，有時住汽車旅館。周大姐告訴我們，汽車旅館一般是開自己的私家車到了那，車子停在下面停車房，然後上二樓房間，一般是情侶來這裡親熱的地方。我這才知道汽車旅館是什麼意思。

我們還有一天車子開到雲林縣一個村剛好有個當地富人舉行婚禮，在廣場擺了上百桌酒席，免費邀請當地村民，周大姐的朋友把我們也拉去坐上一桌，台上有辣妹表演歌舞，新娘是很高興，但看到台下有一老姑娘在哭，據說是男人的大老婆，男人又娶小老婆了。我們還看到有一排人走過來，走在前面的人好像很威武，披著披風，後面都是他的保鏢。周小姐偷偷告訴我們這些都是黑社會的人。

還有一個表姐的兒子叫余清淵，他開了一家貿易公司，是做進出口的，他叫我舅舅，經常叫我去他的公司，我從他那裡學到如何進貨、如何出貨，有一次還帶我去出口海關，看他怎樣報出口貨物單。

和台商顏德松、蘇建銘在一起

在台灣的最後幾天裡我經常聯絡以前接待過的台商，目的是想多參觀多學習，聯絡感情，希望保持聯繫。他們知道我到台灣確實很熱情，如搞模具的劉哲彰讓我參觀他們工廠；從事汽車駕駛訓練的莊謹合讓我參觀他們是怎樣培訓汽車駕駛員的，學員先在室內上課，在模擬機學駕駛，然後在室外跟駕駛員老師學開車、倒車、走彎道……。

還有我以前在上海接待過「台灣鋼線鋼纜工業考察團」，我按名片的電話打給台灣鋼線鋼纜工業同業公會的總幹事，他知道我來台灣非常高興，第二天就召集公會部分理事會員開座談會歡迎我，我在會上簡單介紹上海情況，對台胞投資的優惠條件，歡迎他們來上海投資設廠。我還去拜訪了「大陸貨櫃運輸股份有限公司」總經理蔡顯宗先生，他的公司在台北市中心南京東路上，他的公司很大，運輸行線到很多國家和地區。那天他和夫人還帶我去一家高級會所吃飯，裡面很氣派，一般是有身分的會員才能進去，不用現金消費，我看他們都是簽單。還有生產圓珠筆、鋼筆的郭瓊章帶我去看他的工廠，臨走時他還送我一些筆。我見過的人還有從事農機工業的傅貞雄、從事橡膠工業的張清元、從事建築行業的林榮三、從事制藥機械的林東和、從事企業管理顧問的莊石頭監、從事生產量具儀器的連文海等。我從他們那裡學到了很多東西。

這是我第一次去台灣，後來也去過，特別是二〇〇五年八月去的，我是和妻子為探親去的，過了十年台灣是有些變化，高樓多起來了，如台北一〇一大樓很宏偉壯觀，新光三越也很漂亮，以前台灣沒有地鐵（台灣叫捷運）現在台北大小六七條線，出行很方便，他們的票卡分好幾種：有單程票；有一日票（不限次數、距離，由公務門進出）、團體票、悠遊卡（普通卡，和我們用的交通卡一樣），我在台灣買了一張悠遊卡，用起來很方便的，一張五百元（台幣）內含可用金額四百元及押金一百元，但可用很長時間。我是從事旅遊行業的，我想瞭解台灣旅遊行業的現狀。我們在台灣原來想參加環島旅遊，用十天時間把台灣主要城市主要景點走一遍，可是我去過幾家台灣旅行社，詢問了一下，沒有一家有可以參加環島旅遊的旅行團，他們告訴我，以前有，現在很少有人參加環島旅遊，他們要去什麼地方玩，自己開車去就可以，要參加旅行社辦的團都是短線的。

台灣旅行社是很多，但它們也分辦境外團和島內團，境外團就是專門辦島內的人去境外旅遊，島內團是專門受企業、單位、團體委託，按照他們的要求安排島內線路，組織旅行團出遊。還有一種旅行社是專門安排接待國外、境外（包括大陸）旅行社組織的環島旅行團，但這種旅行團不允許別人插入。像我們散客要旅遊，要找「國民旅遊」或者叫「巴士旅遊」，這在台灣火車站、機場、各旅遊服務中心、旅館都有很多資料可以拿，也可以打諮詢熱線，這種「巴士旅遊」分中部、南部、東部，如中部就有包括台北、桃園、新竹、台中幾家較著名的旅行社推出的在台灣中部的短程線路。

也有些旅行社在月底就把下個月每日的旅遊目的地、行程、費用印出來讓大家選擇。台灣也有旅遊刊物在為旅行社作廣告，如當天來回就有：觀音繽紛賞花之旅、卓蘭採果之旅、內灣線客家人文之旅、北埔生態探索之旅、原始部落之旅等，兩天一夜的小旅行就有阿里山森林日出之旅、花蓮刺激泛舟之旅、苗栗悠閒花海之旅等，三天兩夜小旅行有墾丁消暑踏浪之旅、台東綠島嘗鮮之旅等，台灣還有各種主題樂園、休閒公園或者森林遊樂區等也都安排當天來回。

我們在台灣多半是自己看著地圖去遊覽，如國父紀念館、中正紀念堂、故宮博物院、龍山寺、華西街夜市、北投、淡水、八裡工業區等。還有鄧麗君墓園也是我們自己去的，它位於台北市北郊金寶山，通向鄧麗君墓地，鋪設鋼琴黑白鍵盤。墓地前，有一尊鄧麗君全身雕像，微笑的面容，伸開雙手，好像親切地歡迎所有歌迷，形態栩栩如生。墓地中央，擺放一尊黑色大理石，雕出鄧麗君閉目陶醉的神態，正前方擺放著她生前演唱時的瓷像。我太太也是鄧麗君的歌迷和崇拜者，她禁不住流下眼淚，她說：「太可惜了，這麼年輕就去世了。」

有時也有親戚朋友帶去的。如「二二八」紀念公園，這也是我這次去台灣的主要目的之一，因為早聽說台灣當局對「二二八」事件作了平反，還建造紀念館。這天是我小妹和妹夫帶我們去的，在嘉義啟明路、大雅路交叉路。紀念館展出「二二八」事件調查報告、史料文獻、影像圖片、罹難受難家屬口述歷史資料。當然這些也不可能是完全真實的報導。紀念館外有很大的公園，有些銅雕和浮雕如草坪前方有五隻銅雕梅花鹿低頭共飲池水，意喻族群共飲水源，和平共存。小妹和妹夫還有他們的朋友帶我們去日月潭，我們坐著朋友開的麵包車到達那裡，破曉的日月潭，雲霧縹緲，登高攬勝，景色相當美。我們在湖邊拍了照。有一次我們在台中時想去高雄，我們就委託旅行社。

我委託台中一家旅行社，我把在高雄的要求談了，即安排住宿，派車派導遊玩一天半。旅行社給了我們優惠價。我們是自己坐火車去高雄的，兩個多小時就到了高雄，出了站過馬路就找到旅行社給我們預定房間的京城飯店，這是四星級的飯店，廳堂很大，房間也乾淨。我們進了房間，高雄一家被委託的旅行社就來了一位負責人和我們接洽，她聽說我們是大陸來的，知道我也是搞旅遊的顯得很熱情，請我們在樓下喝咖啡，我們聊了一會，她把我們在高雄要玩的行程單給了我們，說五點鐘導遊就會來接我們。果然五點導遊、司機已經在大廳等候。

我原以為還有其他客人，導遊說：「就你們兩個，因為旅行社沒有接到其他客人的委託。」司機開的是小麵包車。按照行程我們先去壽山眺望高雄美景，壽山海拔三百五十六公尺，車子沿著環山道路上去，林木茂盛，蓊鬱翠綠，有著天然壯麗的景觀。我們又去了西子灣觀日落，西子灣在高雄的西側，來到這裡，海水波光粼粼，漁船燈火點點，夕陽餘暉灑在海平面上泛起金色光芒，我們又去了原來英國領事館，這裡是一座西洋建築，保存著原來英國領事館辦公的書座、沙發用品。

我們還搭船往沙扇島、搭乘三輪車遊旗津夜市、在六合夜市品嚐台灣小吃，這天回到飯店已經快十一點。第二天九點出發，導遊帶我們去瑪家原住民文化園區，這裡有一些原住民日常生活器具、衣飾用品、手工藝的展覽，我們還看了原住民的舞蹈。中午導遊安排我們吃原住民的風味餐，下午我們去了大鵬灣風景區，沿途看了天主教區域和私人田園區，後來我們搭船遊瀉湖，欣賞蚵島、水鳥、招潮蟹、紅樹林等。一直到五點

參觀堂弟林宏吉的公司

我們結束在高雄的遊覽。我覺得導遊很盡心盡職，沿途不斷給我們講解。我們自己又從高雄乘巴士去墾丁，高雄的導遊介紹我們去住靠海邊的飯店——小木屋，說是小木屋其實裡面房間很大，裝潢得很漂亮，衛生間、空調、電視機都有。

第二天早上我們很早起來就去海邊散步，還在海灘上撿貝殼。吃好早餐飯店的主人便派了小姐開車去南灣海灘，這裡遊客比較多，有的在游泳，有的乘汽船，有的在沙灘上玩耍，有一種沙灘車國內很少看到，我們又去了墾丁森林遊覽區，到鎮上去兜了一圈。還帶我們在當地比較有名的小山東麵館吃午餐。這樣，在墾丁，吃住玩兩個人只收我們兩千台幣。台灣每個遊覽區都乾淨整潔，這主要是人少，容易管理，與人的素質也很有關係。台灣百姓都養成衛生習慣，在遊覽區不會亂扔東西，他們很有禮貌，在公車、火車、地鐵上年輕人都主動

小妹和妹夫等帶我們去日月潭

讓位給年紀大的人坐，即使有空位，他們有時也不坐，問他們為什麼，他們說：「下一站，有人上來可給年紀大的坐。」

在地鐵站、火車站，還有百貨公司，凡有自動上下扶梯，人們都很自覺靠右站，讓出左面通道給有急事的人快步上下。他們還很樂意幫助別人。有一次，我們從淡水坐船去漁人碼頭（這是新建景點），回來要坐公車回淡水，問剛出來的人，公車站在什麼地方，他們聽說我們要去淡水地鐵站，就叫我們坐他們的麵包車，說：「我們帶你們去吧，順路，我們的車擠得下。」就這樣把我們帶到地鐵站。還有一次，我們坐火車要去中壢，中間要換車，手裡拿很多東西，下車上車時好多人過來問：「要幫忙嗎？」「要幫你拿嗎？」有個婦女右手還拿著自己的東西，左手硬要幫我們提東西，說：「你放心好了，我不會拿你們的東西的。」她幫我們走過天橋，還告訴我們要換什麼車才可以。

這次我們去台灣收穫很大，又瞭解很多東西。在台灣我又走訪了幾位台灣的企業家、台商，因為我以前在旅行社工作的時候經常接待台灣企業家來大陸的考察團，有很多台商第一次來大陸是參加考察團來的，以後都是自己來或者帶朋友一起來，而來到上海總喜歡找我，所以後來很多成了好朋友。例如，這次我去台中，和企業家林清吉聯繫，他是貝特機械股份公司的總經理，他一九九〇年二月第一次來大陸時是作為台灣木工機械考察團的團長來的，他的哥哥是另一家公司的董事長，也一起來，當時由我全程陪同十天，後來林清吉又兩次來過上海，所以我和他很熟。這次當他知道我們夫妻兩個來到台灣，在台中，很高興，當天下午就開車來接我們，帶我們去台中有名的金典酒店吃燒烤，還約了他哥哥一起來，我們一邊吃一邊聊，非常高興。

從談話中知道林清吉早在大陸廣州投資設廠，所以他經常台灣廣州兩地跑。第二天上午林清吉又來接我們，帶我們參觀他哥哥在台中縣后里鄉的工廠，這個工廠很大，也是生產木工機械的，在台灣木工機械行業算是規模大的。產品主要出口。我們去的時候林清吉的哥哥作為董事長，像老工人一樣忙裡忙外，一邊指揮廠裡的生產，一邊和工人在廠區的院子把颱風吹倒的樹木、盆栽給扶正，當看到我們來了，把我們迎到會客廳，倒茶，拿了一些水果，當聽說我們大陸沒有巴樂（即芭樂）馬上叫下面的人從外面拿來一些給我們嚐嚐。我們又聊了很長時間，中午又帶我們去外面吃飯，下午還帶我們去參觀離他工廠不遠的私人豪宅。

這個住宅確實很大，我還從來沒有看到那麼大的豪宅，有三層樓，樓下的客廳就有一百多平方米，外面的院子更大，擺著很多有名的盆栽，他的業餘愛好就是種養盆栽，我們看到其中一盆是造型非常好看的五針松，聽說在台灣花卉盆栽比賽中得了獎。他院子還有很大的狗舍，養著兩條很大的藏獒，看起來非常兇猛，但很可愛。在台北我聯繫到李白雪女士，她也是從事旅遊行業的，來大陸的台商投資考察團很多都是她作為領隊帶來的，所以我和她很熟，她熱情接待我，請我到他們旅行社參觀，還請我吃西餐。

我們還聯繫了企業家長屏企業股份有限公司總經理顏德松和田昌股份有限公司的總經理蘇建銘。他們兩個是好朋友，對我們也很熱情，帶我們去台北有名的圓山大飯店用餐，還帶我們去陽明山遊玩。我們還去參觀嚴先生的公司，他公司是經營高級建材，在高雄、台中都有分公司，他曾經獲得「台灣傑出青年企業家」稱號。

他的太太叫張典婉，也很了不起，曾經任記者、電視製作人、編劇、廣播節目主持人等。著作有《福爾摩沙的女兒》、《雌性時代》、《郊區歲月》、《台灣大女人》等書。一九九五、一九九六年連獲《聯合報》報導文學獎，她長期觀察台灣社會變遷。目前擔任觀天下有線電視《書香對話》節目主持人。張女士送給我一本她寫的書《鹿港阿媽與施振榮》，是講台灣宏碁電腦集團的董事長施振榮的母親早年的艱辛：先生早逝，賣鴨蛋、賣獎券撫養唯一的兒子，講她的童年、愛情、婚姻，以及她現在每天看多份報紙雜誌、吸收新知識，學電腦，跟上時代新腳步；隨口而出的成語、人生哲理……她活得如此自在、快活……寫得很動人。

在台北，我又走訪我兩個堂兄弟林弘吉和林增茂，他們各自都有公司，有事業，也都做得不錯，他們也熱情招待我們。原來想再多走訪幾個朋友，因為時間不夠，有的也聯繫不上就罷了。

台灣是我的故鄉，我對故鄉有著深厚的感情。每次去台灣都留下深刻的印象。現在開放台灣自由行了，要去台灣也方便了，但我年紀大了，腿腳也不如以前，又心想台灣該玩的地方都去過了，也不想再讓台灣親友添麻煩。何況台灣親友經常有來上海，現在聯繫也比較方便，電話聯繫，電腦聯繫。

我小弟阿明（林志明）十年前，即二〇〇二年十月，在台灣原來一家工廠的老闆和昆山一家台資企業叫「大震鍋爐工業有限公司」有股東合作關係，老闆要他去昆山，幫助生產高壓鍋爐，小弟阿明是懂技術的，他就辭掉台灣的工作來到昆山，他作為「總經理室技術輔導」在車間輔導工人製造、安裝。昆山離上海很近，星期天他總來上海見我們。我們上海有什麼聚會活動通知他，他總會來上海。可是在昆山只幹了一年半，因為「大震鍋爐工業有限公司」高壓鍋爐不生產了，他回台灣後面臨了新的選擇，是在台灣重新找工作還是來大陸，他決定還是來大陸，因為在大陸的工作生活，對大陸產生深厚的感情，特別是大陸的經濟在飛躍發展，深深感染了他。

他認為兩個哥哥和兩個姐姐都在大陸，而且都生活得很好，他要選擇新的生活，他當時還因為幾次為了見父母家人去日本、去香港、來大陸，原配妻子不理解鬧矛盾，結果婚姻破裂。於是他決定捨棄台灣的一切，變賣了在台灣的汽車、家產又來到大陸昆山，在昆山陽光世紀花園買了一套房子，和在昆山認識的一位女士重新組織一個家庭。阿明現在也已經六十二歲了，還幫一台商做點生意，生活得很好，他感到自己選擇的這條路是對的。他每年還要回台灣，要去付老年基金、醫療基金，他說：「到六十五歲，他就可以拿到台灣的老年金。」

阿明對我特別親，可能我是他大哥，最早是我寫信給他，最早是我和母親在日本見到他，所以他有什麼事總和我商量，他在昆山經常給我打電話，他來上海總要和我見面。最近他聽說我要寫書出書，他給我提供了很多以前他保存的照片，還給我說了以前在台灣的一些事。如他告訴我：以前祖先留下的三重埔六張莊是很大的一片土地，大概有一千坪（一坪是大陸三點三平方米）。最早是在東面一塊荒地被台灣當局看中要造公園，給徵收了。

據說在翻地造公園時，挖出蛇窟，有好多蛇，台灣老人的迷信說法，這是不好的預兆，給原土地主人帶來晦氣。果然祖父後來一年不如一年。後來，六張莊西面另一塊土地又被台灣當局看中要建馬路，又被徵用，那塊荒地因為很久沒有使用，野草長得比人還高，在施工建馬路時，挖荒地時，野草下面的草莖竟然是紅色的，這據說也是不吉利的，果然祖父更加敗落，祖父娶的妻子很久沒有生育曾經收養一個孩子，即我的大伯，祖父後來又娶了小老婆，即我的祖母，她生下幾個孩子，我的二伯、三伯和我父親是她生的，四伯是祖父的大老婆生的。

前面提到的我的堂弟林宏吉就是四伯的兒子。後來我祖父身體越來越差，重病纏身，不久後去世。祖父留下的土地所剩無幾，他的遺產所剩的土地造的房子被其五個兒子即我的大伯、二伯、三伯、四伯和我父親繼承，可是我父親不在台灣，我的小弟阿明又正在當兵，到當兵回來他才拿到被分剩下來很偏僻四層樓的第三樓、四樓，是毛坯房，因為房子很久沒有用，要交一些土地稅，要更換戶名，又要割成二房二廳裝修，花了很多錢。後來還是靠他自已努力打拼才能養家糊口。大伯、二伯、三伯、四伯分到祖父的家產都比較多，所以他們和他們的子女都生活得比較好。這些情況父親以前都沒有和我說過。

現在阿明每年總要回台灣一兩次，在台灣一般十天左右，住在舅舅家，舅舅已經八十多歲了，他還是喜歡拍照、玩電器。阿明每次從台灣回來總要給我帶來台灣的新消息。如他告訴我：阿珍，即我的小妹，平時和妹夫住在她兒子在台北買的高檔住宅裡，幫助照顧兩個孩子，星期六、星期日住在她在北投新買的高層住宅一套房裡，過他們兩人的快樂世界。北投這套房子星期一至星期五還作為兩個女兒曉萍和曉芬合夥開的設計工作室，專門從事平面設計、產品包裝設計、海報設計、商業攝影……等，據說運作不錯。

兩個女兒曉萍和曉芬一直很要好，我前面寫道曉萍和曉芬曾經當過模特，先後曾經被當選「中華小姐比賽」冠軍。後來他們不想走藝人的路，兩人開過咖啡店，曉萍做過廣告業，曉芬開過服裝店還從事過網購店。因為她們有很多人脈關係，給她們的設計工作室帶來很多生意。台灣著名藝人林志玲是曉芬的好朋友，以前當模特時曉芬是她的師姐，所以現在林志玲還經常去找她，一起逛街買東西吃飯，當然也給她介紹一些生意。其實台灣還有我很多親戚，因為那麼長時間不來往，老一代的有的已經去世，有的老了也不認識我了，他們的下一代更不認識我，我一直希望他們的下一代多來大陸看看。

我有個女兒，大學畢業後在銀行工作，已結婚成家，現在是上海招商銀行國際業務部一個部門的副主任（後來升主任），我經常對她說，你雖然生在上海，但你的籍貫是台灣，你的故鄉在台灣，我們的大陸與台灣的血脈不能斷，我們和台灣親戚的親情不能斷，要一代一代傳下去，所以當開放大陸居民赴台旅遊後，她也參加了赴台旅行團，在台灣見到了她的姑姑（即我的小妹）和堂弟（即我小弟的兒子）。她在台灣的十天行程，時間很緊，但她還是抽出時間由她堂弟開著車去台北郊外，她阿公（即我的父親）墓地燒香祭拜，盡了她的孝心。這兩年隨著「三通」的不斷擴大、ECFA的簽訂和實施，雙方合作更緊密，互惠互利，共創雙贏，造福了兩岸人民。

上，和堂弟林增茂在一起
下，台灣一些親戚和我們合影

上，堂弟林宏吉帶我們去太魯閣

下，小弟給我看了1960他和一些親戚拍的照片，前排左一是小弟林志明，二排右一是小妹林奕珍

和台商林清吉哥倆在一起

堂弟林增茂帶我去野柳

台灣和大陸聯絡上後，小弟很高興在讀我寄給他的信

和舅舅、小妹、妹夫在一起合影

台灣的小弟志明和他的兒子女兒

上：我和妻子在台灣和顏德松夫婦、蘇建元夫婦等朋友在一起
下：我和妻子在台灣和外甥女夫婦一起

上海的台籍朋友參觀上海新建設

後記

我奉獻給讀者的是我的心路歷程，沒有華麗的文字，尊重歷史，信守真實，我父親在台灣的那段歷史應該具有一定的歷史價值，他的生活經歷對於我們後輩也是一種鼓勵，在有關我自己的回憶中也能說明這一點。我還寫了我的母親，她是一位善良的、偉大的母親，她一直協助我父親的革命工作，不為名不為利，養育子女，操勞家務。

二〇〇五年十一月六日她在上海去世了。由於各種原因她的遺體不能和我父親一起安葬在台灣。她的遺體安葬在上海松鶴墓園，但願九泉之下他們能夠在一起。

當前兩岸局勢發生了重大、深刻變化，兩岸關係實現了歷史性轉折，取得了一系列突破性進展和重要成果，呈現和平發展的良好勢頭。兩岸文化同文同種、同根同源，中華文化是推動兩岸關係和平發展的紐帶。弘揚中華文化，加深兩岸同胞的瞭解，共築兩岸共同的精神家園，以文化認同促進政治認同，是實現兩岸關係進一步和平發展的重要途徑。二〇一二年台灣領導人選舉，從過程到結果都顯示，兩岸關係和平發展是一條正確的道路，得到了廣大台灣同胞的支持。未來兩岸關係將朝向更穩固、更健康的方向發展，這樣的大局符合兩岸人民的利益。我要感謝親戚朋友提供給我的一些資料和照片，並且給了我不少幫助和指導，但由於自己的水平有限，尚有許多不妥，希望賜教！另外書中提到的名字和有關照片，事先沒有得到他們的同意，請見諒。

李鴻發先生坐在我旁邊

我們第一次去台灣住在盧州妹妹家

台灣一些親戚和我們合影

我們兄弟三人和台灣幾個親戚合影

堂弟林增茂帶我去野柳

林志明給我們看他潘欽信的夫人潘廖盆在一起

我第二次去台灣和妻子見堂兄弟林宏吉

我和妻子在台灣和顏德松夫婦、蘇建元夫婦等朋友在一起

我和妻子在台灣和外甥女夫婦一起

台灣的親戚的近照

在話劇《歸帆》出演蔡夢園

接待大阪華僑總會會長張廖富源為團長的旅日臺胞訪華團

接待臺胞投資考察團組織座談

陪同台商陳南通在北京參觀遊覽

陪同日本台商去上海虹橋開發區參觀考察

台灣張典婉女士拜訪市台聯會，林明月會長會見，左第二張典婉女士

張典婉女士在我家翻看照片

與卞祖善

在北京集體照

與馬永祥一起

高中畢業50週年

我主持高中畢業50週年座談會

在美國與潘貞秀夫婦一起

李鴻發先生為我們舉行歡迎宴

Do人物4　PC0306

我與我父親林殿烈
——台共家屬紀實

作　　者／林友彥
責任編輯／蔡曉雯
圖文排版／詹凱倫
封面設計／秦禎翊

出版策劃／獨立作家
發 行 人／宋政坤
法律顧問／毛國樑　律師
製作發行／秀威資訊科技股份有限公司
地址：114 台北市內湖區瑞光路76巷65號1樓
電話：+886-2-2796-3638　傳真：+886-2-2796-1377
服務信箱：service@showwe.com.tw
展售門市／國家書店【松江門市】
地址：104 台北市中山區松江路209號1樓
電話：+886-2-2518-0207　傳真：+886-2-2518-0778
網路訂購／秀威網路書店：https://store.showwe.tw
國家網路書店：https://www.govbooks.com.tw

出版日期／2013年11月　BOD一版　**定價**／320元

|獨立|作家|
Independent Author

寫自己的故事，唱自己的歌

我與我父親林殿烈：台共家屬紀實 / 林友彥著. -- 臺北市：獨立作家, 2013.11
面；　公分. -- (Do人物系列；PC0306)
ISBN 978-986-89946-9-0 (平裝)

857.85　　　　102020930

國家圖書館出版品預行編目

讀者回函卡

感謝您購買本書，為提升服務品質，請填妥以下資料，將讀者回函卡直接寄回或傳真本公司，收到您的寶貴意見後，我們會收藏記錄及檢討，謝謝！如您需要了解本公司最新出版書目、購書優惠或企劃活動，歡迎您上網查詢或下載相關資料：http:// www.showwe.com.tw

您購買的書名：________________________________

出生日期：________年________月________日

學歷：□高中（含）以下　□大專　□研究所（含）以上

職業：□製造業　□金融業　□資訊業　□軍警　□傳播業　□自由業

□服務業　□公務員　□教職　□學生　□家管　□其它____

購書地點：□網路書店　□實體書店　□書展　□郵購　□贈閱　□其他

您從何得知本書的消息？

□網路書店　□實體書店　□網路搜尋　□電子報　□書訊　□雜誌

□傳播媒體　□親友推薦　□網站推薦　□部落格　□其他________

您對本書的評價：（請填代號　1.非常滿意　2.滿意　3.尚可　4.再改進）

封面設計____　版面編排____　內容____　文／譯筆____　價格____

讀完書後您覺得：

□很有收穫　□有收穫　□收穫不多　□沒收穫

對我們的建議：________________________________

____

____

____

請貼
郵票

11466
台北市內湖區瑞光路 76 巷 65 號 1 樓
獨立作家讀者服務部 收

（請沿線對折寄回，謝謝！）

姓　　名：＿＿＿＿＿＿＿＿　年齡：＿＿＿＿　性別：□女　□男

郵遞區號：□□□□□

地　　址：＿＿＿＿＿＿＿＿＿＿＿＿＿＿＿＿

聯絡電話：(日) ＿＿＿＿＿＿＿＿ (夜) ＿＿＿＿＿＿＿＿

E-mail：＿＿＿＿＿＿＿＿＿＿＿＿＿＿＿＿